悲劇 トロイア炎上

古えの歴史および話に基づく

アネッロ・パウリッリ

谷口伊兵衛訳

L'Incedio di Troia. Tragedia.

Secondo l'Historia & Favole antiche

而立書房

目次

装幀 大石一雄

Anello Paulilli

L'Incendio di Troia. Tragedia.

Secondo l'Historie, & Favole antiche

(Napoli, 1566)

悲劇　トロイア炎上

――古えの歴史および話に基づく――

令名高きヴィンチェンツォ・カッラファ・ダリアーノ殿に捧ぐ

ナポリ人　アネッロ・パウリッリ

貴下の心根の優しさと鷹揚さの故に、人びとはできる限りの行為を貴下に捧げざるを得なくなりますし、また、隠れた善行が明らかにされ、世の中に吹聴されるべき理由の権化《ごんげ》であられます故に、いずれの人も貴下を、あのあらゆる名誉、他人の書き物が授けうる名誉を受けるにふさわしいお方と思うのです。

貴下の優しさ、鷹揚さに恩義を受け、吹聴されもしている小生は、いたく貴下を尊敬致しておりますれば、こういう貴下のご立派な資質の数々をば飽むことなく物語りもし、表敬も致す所存です。

それ以上に、貴下の家系は高貴この上なく、令名高く、至聖であらせられますから、騎士たち、枢機卿たち、法王たちはそれぞれ、同胞、世界、人心を守り、統治し、祝福を与えてきたのです。

さすれば、小生が貴下に進呈申しますこの初めての贈り物をどうぞお受け取りください。貴下の宮殿の広間にて上演され、お目でご覧になった、かの『トロイア炎上』を印刷したものです。

ナポリにて、一五六六年七月四日

梗概

プリアモスの高い宮殿が炎上する。

■悲劇の登場人物

ペルセフォネの姿をしたヘラ
ギリシャ人シノン
トロイアのポリュクラテス
トロイア王プリアモスの子息パリス
トロイアのアイネイアス
ミダス王の子息コロイボス
パラス（アテナ）
トロイア王プリアモス
トロイアの神官パントゥス
トロイアの神官ラオコン
トロイアの二人の羊飼いたち
アキレウスの亡霊
ラオコンの二人の息子たち
トロイア王妃ヘカベ
王妃の娘カッサンドラ
トロイアの女たちによる合唱隊《コロス》
ギリシャ王メネラオス
ギリシャ軍の最高司令官アガメムノン
ギリシャ人オデュッセウス
ギリシャ人ピュロス
アフロディテ

プロローグ

貴顕淑女のみなさま方、ここにみなさま方に情愛をこめましてパウリッツリめが、みなさま方がお待ちかねのこの日に、昨年『トロイア炎上』なる悲劇を上演するとお約束しましたものを、みなさま方のご贔屓《ひいき》のおかげをもちまして献上致す次第です。

このような奉納物を実現致しますことを不熱心なこととお取りになることでしょう。なにしろごく短時間で、実を申せば、昨年八月の休暇中だけで、彼はギリシャ人たちが十年間も苦労させられたことを作り上げたのですから。

およそ約束というものは、約束された品質に合致して、満たされるべきではありますが、構成、筋組み、事件展開がこういう素材の梗概にうまく合致していなければ、どうか我慢を友としてくださいませ。なにしろみなさま方はご賢察のとおり、これ以上のことを彼は知らず、できもせず、欲してもいないものですから。

また、彼はもっと上に昇る術《すべ》を心得ており、能力もあり、欲してもいるのですが、彼の贔屓たちの脅迫、廷臣たちの不平や悪口、さらにはさまざまな嘘（これらについては彼も調べる必要があるのですが）、こうしたことから、彼はこれ以上みなさま方に好かれることを禁じられているのです。やきもち焼きどもの中傷、大多数の人びとのしみったれ根性や無知が、彼から詩作の才気をいっぱい、奪ってしまったのです。ですから、とどのつまり、どちらの人にとっても不十分であると見えることでしょう。

こういう次第で、みなさま方がお感じになるとおりの品質で、彼が短時間で書き上げる際には、ラテンおよびギリシャの詩人および歴史家から、彼らの奇想や、彼らの嘘を盗み、うわべは自分のものを混ぜ合わせてあるのです。つまり、ご覧のとおり、彼は誤りの個所も、韻律の性質も、区分についても同じく配慮してはおりません。また、〝悲劇〟なるタイトルを付した以上、ここでは、より高尚、より凝った文体が探し求められるはずだということにも配慮してはおりません。ですから、彼がこれで満足していることを、結び合わせたり、ないがしろにしたりする権限は、将来の人びとや、現在の人びとにさえも残してあるのです。もっとも彼にも閑暇《ひま》さえあれば、あの賢者の歌い出しを模倣するかも知れません（し、おそらく模倣できるでしょう）。この賢者は、「貴婦人と騎士、武功と愛の喜び、について」で始めたのを、後に変更して、「貴婦人、騎士、武功、愛の喜び[1]」と歌ったのです。つまり、あるだけの時間とゆとりをかけましたから、自分の輝かしい企てをあまりに高く登らせる結果となり、空前絶後となったのでした。

彼はまた印刷に付すことも怖れはしないでしょう。今度の悲劇や、以前の二つが毒舌家の手に渡るようにするためです。彼ら毒舌家たちも、彼のささやかなペンが或るときには、悲劇や韻文を書きたがっていながら、嘆願書や論説を書いたと言って、最後には驚嘆の声を発するでしょうから。ご存知のように、彼はこうしたたわごとには実のところ、あまり慣れていないのです（どうして私がそれらをたわごとと呼ぶかというと、今日日《きょうび》では、この最悪の時代のおかげで、破廉恥極まる馬鹿げた、愚かな、無礼なこと、最悪の例に属することのほうが、真面目な、慎重な、立派なこと、生きる指針に属することよりも気に入られているからです）。

彼は（ご存知のように）ヘリコン山(2)の泉から試飲したことは決してなくて、ただ自分の井戸水しか飲んだことはないのです。彼の庭には月桂樹が生えたことは決してなく、ただ、イラクサ、イバラが生えるだけで、バラもほんの少し生えますが、これは愛しいメルジェッリーナがありがたいことに可能にしてくれるのです（このメルジェッリーナこそは彼のムーサなのでして、それというのもクレイオ(3)は十万の大小の詩人を従え、仲間たちと一緒に良い時間を過ごしているからです）。ですから、どうかこの悲劇に傾聴されんことを。また、印刷に付されるときには、どうかご一読されんことを。そうすれば、この悲劇の印刷屋、みなさま方のスコットには少なくとも役立つでしょう。また、あなた方紳士のみなさまに何か小部分がお気に召しましたら、その名誉は幸運の女神にお授けください。彼は作家としてそれほどの名誉には値しませんから。そしてまた、あらゆる極上のもの、あらゆる完璧なものが生じてくる源は、ここにお出の貴顕淑女のみなさま方にあるのですから。

同じく、悲劇をかくも情愛をこめて上演しようとするみなさま方のナポリの若者たちにもどうか謝意を表してくださいませ。彼らは金銭欲のせいではなくて、ただ彼らの楽しみのため、また、みなさま方を喜ばせるためにのみやっているのですから。（彼らは美徳を愛好しており、みなさま方に深い情愛を抱いておりますから）懸命に努めることでしょう。

前口上がみなさま方の前で上演されるなどとご期待なさりませぬように。梗概は歴然としておりますから。また、ペルセフォネがときどき怒りながら、リンゴのことを思い出して、ひどい破滅で脅迫にくるのをお聞きになるでしょう。彼女の形相《ぎょうそう》に怖がらないでください。彼女は地獄の松明《たいまつ》を掲げてはいても、それほど怖がらせることは——美しい淑女のみなさま方が天使のようなお姿をしていらっしゃるのに、楽しみが最大にならなくするほど怖がらせることは——よもやできますまいから。

至当な残虐さや、妥当な復讐のうちにも、みなさま方はいくばくかの優しさや哀れみをお感じになりながら、ここに取り上げられることをお聴きになったり、ご覧になったりすることでしょう。

でも、そろそろペルセフォネがやってくる時間ですから、私は退出することに致します。

第一幕

ヘラがペルセフォネの姿をして、地獄の復讐の女神たち《エリニュエス》を引き連れている。


ヘラがゼウスの妹で妻として第一〔月〕天で無敵であるようには、私は君臨してはいません。たしかに、フロシンナ、アルゴス、ミュケナイ、サモスは、私のために聖なる祭壇を建ててくれていますし、その上には私の子どもたちや夫の名がきちんと刻まれてはいますが。

また、森や林の中では私は慎しく、キュントス、エフェソスにおけるように、狩猟の女神アルテミスと自称したりはしていません。アルギドゥス山やスキュティアの森では尊敬されて筆頭の名誉を得てはいます。

でも最深の迷宮ラビュリントスでは、私の涙の王国の、三途《さんず》の川の岸辺では、私はどんなに畏れられていることでしょう。それで、憤りをみなぎらせて、ここに出てきたわけなのです。

私は冥府の過酷な地域で掟を定め、ネメシスの復讐の右手に、さらにかてて加えて、正当な責め苦と、
　永劫の涙を提供しました。

私はアケロンの息子たちを目下ずっと支配しており、あのそそり立つ苦しみの谷で、番犬ケルベロス

を抑えております。

そこでは、私の周囲で、恐怖、欺瞞、苦痛、大病、疲労が、羨望、猛毒の強情さ、貧乏、薄幸から取り入ろうとしたり、眠り、詐欺、老衰、親しい死が訴えかけたりしております。

彼らはみな、冥界の息子たちだったものですから、私の笏《しゃく》をひどく恐れているのです。

そこでは、老いた渡し守カロンが、最後の審判で有罪判決を受けた者どもを、その太い舟でレテの川を降って永劫の危険へと導くのです。

今ここに現われ出た私ペルセフォネは、黄泉《よみ》の国の女王。天国、現世、冥界で三つの異なる形をもって統治しています。天国では、三日月の先を輝かせたり、元に戻したりするのも私の命令次第。現世では、森の中で、十四人のニュンフェたちが私の足跡につき従います。

天国におけると同様に、森の中でも、私は善行をおこなっています。ときには傲慢になり、ときには憤り、ときには激怒して、復讐することもあります。私はギリシャ人の心を毒と闇で満たし、彼らに悲歎を流し込むのです。

私は私に反抗する不敬な都市の名を挙げたくもありません。ただ一遍に、この不敬な民全員を罪が満たし、今日ここでこの民の災いを耳にしたいものです。

そうなれば、私を衰弱させ、やせ細らせているこの怒りが和らぐでしょうし、そうなれば、私を苦しめているこの毒のある心が、からっと晴れるでしょう。

そうなれば、不敬なイデ山の牧人(4)も、その裁判の償いをすることでしょう。そして、この谷において、正義の鞭が感じられるようになって欲しいもの。そうなれば、旧い歓喜に耽《ふけ》る人たちがふぬけとなるでしょう。

私は憤懣やる方がない心をティシフォネ[5]に打ち明けました。これまで以上に、今日、私を苦しめているこの心を。

暗い牢獄の中で、呪れた連中には、業火や、苦痛や、深い悲歎が増せばよいのに。

火も水も地も風も[6]一遍に混乱させて、私は不当なパリスに対抗して動かすこともできたのです。

イノや、アタマスや、大胆なアテ[7]のように、大きな過ちに対しては、彼らには不本意ながら、彼らの残酷な運命に、罰を加えるのが当然です。

辛辣かつ猛烈な侮辱と争えたこともあれば、敵の顔をしながら、あの人〔パリス〕はアフロディテに〔勝利の〕判決を下したこともあるのです。彼女が私よりも美しいと判断したからです——パラス〔アテナ〕や他の女神の面前で、傲慢極まる無慈悲な声をもって。

彼の言葉が私の力にまさるかどうか見てもらいたいものです。

ですから、私は無慈悲なアレクトからも、荒々しいメガイラ[8]からも、シシュフォス、タンタロス、ティテュオスの苦しみを増大させてやりました。

一人は、そのひどい悲嘆にくれ、〔永遠の闇の中で〕心では飢えと渇きに燃え続けるのです。辛い破滅のなかで、唇に近づく波や、美しい果実で、唇を潤さんと望んでも、そのとき口には乾いた砂が一杯になるのです。

もう一人は、昼夜を問わず、重い岩を運び上げ続け、落ちるたびに、むきになってそれを掴むのです。

そして、毒蛇の巻き付いた速い鉄棒に絡まりながら、痛い輪に手足を向けるとは、さぞかし苦痛もいや増すことでしょう。

一方、イクシオンにあっては、絶えず、内蔵から肉を空にしようとして、荒々しい鳥が、嚙みながら、堪え難い苦しみを増大させるのです。

今日こそは、私のために、途方もない惨事が起きて欲しいもの。そして、虎や熊の獰猛な心にも浮かんだことのないことをあえてやりたいものです。

だから今日は太陽も隠れ、輝きもせず、真昼間に光をマントに包みながら、どこにいてもその歩みを止めて欲しい。打ちひしがれたままで。今日、地獄をも同情で哀れを催させるかも知れぬことを見ないために。

また、この空中で、かわいらしい小鳥たちが飛ばないようにするために。そうではなくて、夜間の、不吉な予言をする、悪意の群が集まって欲しい。また、永遠の動きを海がここで止めて欲しい。動きが乱され、川の流れが変えられんことを。そうすれば、川は元の源に逆流するのに。

地獄のエリニュスたち〔エリニュエス〕はこの周りを取り囲むがよい。そして、敵の町は恐怖と増悪と死で満ちるがよい。フォイボス〔アポロン〕が東に登り、新たな日になる前に。

葬式の糸杉と、青白い草と、トリカブトと、黒パセリとを、頭髪に巻きつけるがよい。

エリニュスたちよ、汝らの姿が見えるよう、恐ろしい炎が輝くがよい。

今日こそ、汝らの怒りは、ほかの日よりも突出するのだ。

こうして、私のひどい渇き、私を弱らせ煽り立てている憤怒を、私は鎮めるのです。

（邪悪極まる傲慢には、当然の拷問。）

ギリシャ人シノン（独白）

人間の重い過ちに当然の罰が、いつもゼウスの心次第であるのなら、また、同じく、正当な願いをする者にゼウスが耳を傾けてくださるのであれば、どうして私が希望していけないことがあろうか。（私がその中でうごめき、私の考えが反射している）奇妙な状況が、ギリシャ人全員の共通の願い通りに終わらんことを。

だが、私は敵の都市《まち》のこの場所へ必ずや赴かん。死の恐怖を私は気にもかけない。トロイア人の戦略とか、祈願とか、甘言とか、戯れとかには。

私はメネラオスに約束した。それを忠実に守り、私の力の及ぶ限り、結果を出したいものだ。

だから、高貴で輝かしい仕事をなされたかくも偉大な方の前で、約束したことには忠誠を貫き、そして、千の責め苦、千の剣にも身を曝すべきなのだ。

親しき祖国や、王様に対して、いまほど深い忠誠心が私の内に生じたことはない。疑わしき運命の中であれ、実り多き運命の中であれ、いまほど勇気が翼を広げたことはない。

ここで私は敵どもを怖がりはしまい、ありがたい神様がこれほど同意してくださる間は。

十年間の血腥い戦争に（トロイア方の敗北で）最後の夜を来させよう。それにより、アルゴスのもう
疲れ切った人びとも落ち着けばよい。苛酷で邪悪な運命を背負い、尊大な運命と戦わされ、長年
にわたり逆風にばかり曝されてきたのだから。
どうやら今ではもう、星くずが仕組まれた陰謀の大いなる方針に賛同しているらしい。
プリアモスやトロイアの指導者たちは、われらが与えた情報を信用して、こう信じ切っているのだ
——
あまりに長期の苦労で疲労したため、われらの数多の悶着に休戦の機会を与えるべく、われらがわれ
らの船を再び風に合わせ、帆を膨らませて、すでにミュケナイへ去ってしまった。メネラオスも
アガメムノンもともに、ギリシャ軍勢と一緒に、耐え難い苦しみのあまり、非難ごうごう、煩悶
しつつも、もはやここに再び戻る希望も持たずに、出発したのだ、と。
このため、すべてのトロイア人は浮かれだし、陽気な歌をあちこちで歌いまくり、われらをいつまで
も笑い物にしている。
だが、いつまでも続きはしまいし、（私が望むように）トロイアの道という道は、軍人と武器であふ
れかえろうぞ。よく見ると、今やパラスの訓戒が生起しているではないか。
巨大な馬の建造物が今や城壁の所に立っている。イリオンの山にも比すべきこの木馬から、大虐殺と
最期の破滅が迫っているのだ。
だが、私の胸を攻めつける辛い恐れは、多くの人びととの心を不安にさせたもの。そして、今なお多く
の人びとが迷っているものなのだ。

汝、天の女王、貞淑なるヘラよ。汝、無敵のパラスよ。汝らは今やかつてないほどに乞い求められている以上、われらに温顔を見せられよ。汝らにもかかわることゆえに。なにしろ、汝らは銘々、悲嘆に暮れている限りは、パリスの残酷で、不満な評定を罰されよ。パリスは精神集中して、谷の中で、汝らを不当にもアフロディテより劣等と審判して、これに不当にもリンゴを与えたのだから。

われらにどうか力と才気と勇気を奪い立たせたまえ。パリスの所業がことごとく打破され、その傲慢な無鉄砲が屈服してしまうように。そして、われらには、すでに失くした名誉が戻り、汝らの権力が知られることになるように。

私は汝らの先例に従い、汝らの指導の下に、喜んで出発し、そして、トロイアの中に入って行きます。そこで起きつつあることを聞き取るために。

今は、私には頼れる暁まで僅かの時間しか残っていない。都市《まち》の中央に入って行こう。馬の中に閉じ込められた、武装せるギリシャの騎士たちが、私シノンのために、彼らの生命、彼らの希望を葬っているのだ。また、無数の船がテネドス島に隠れているのだから。

これも汝、ヘラのお助けあればこそ。お助けなくば、われらの安全はなくなろう。

彼は出発し、スパイを働くために都市《まち》の中に入って行く。

トロイアのポリュクラテス

さまざまな風で船が時にはあちら、時にはこちらへと、頼るべき船頭の意に反してさまようごとく、
私は疑念と恐怖とのさなかにある。心細くも、向かいたくもあれば、向かいたくもない気分だ。

周囲のどの道も、私には血腥い戦いの頂点にあるかに見える。陰気なそぶりの敵の群に囲まれて。

足は遅く、動きは鈍くて、逆に後ずさりするのに、心のほうは先に行ってしまう。それで、時には立ち止まったり、時には後ろに歩を向けたりして、真っ直ぐの道から、別の所へ外れてしまうのだ。

やっとのことで、頼れる守備隊の間に脱出し、高い城壁の、門の所に来ている。まだ、敵どもの恐怖がないわけではないが。

不安や恐怖に逆らい、案内人もなしで、幾年も見棄てられしこれらの丘、この岸、これらの山、これらの斜面を、再度見たいものだ——私の唯一の気晴らしのために。

ほら、(天のお陰で)われらの都市《まち》は意気揚々、われらの王プリアモスは、勝ち誇りながら王宮に生活し、天にその栄光の翼を延ばし、前よりも誇らしく、高貴な笏を手にしておられる。

長い年月も、アルゴスの豪華さや、財宝も、この都市《まち》の守護神も、キュクロプスたちの恐ろしい館も十分ではなかったのだ。この館の優雅で、豊かで、ふんだんな装飾(無精な、よこしまな運命につきまとわれることもない)で、この人生のすべての汗は覆われるのだ。

それゆえ、わが偉大なる王は、高慢なアジア一円の勝利の栄冠を駿馬《しゅんめ》にて持ち込むことができるだろう。勇者たちが、新しい喜びの真のしるしを示しながら、王の元へとやって来るのが見えるで

はないか。

私が物語るのも、ただ生地——もはや人の血にまみれて染まってはいない——を見んものとの、熱望を発散させるためなのだ。

今やもう、苦痛に満ちた民に静けさを差し延べるか、あるいは少なくとも、決して全滅する危険のない、休止を与えるかする時機だ。

さて、私はパリスの残忍で、悪辣な行為を思い出す。彼は私と一緒にアルゴスに到着し、そこでメネラオスの愛妻を略奪した。そして、これを愛したり、甘言で釣ったりして、姦婦の心を一遍に刺したのだ——危いことに一瞥だに振り向くことなしに。

私としては、このことを予見していたし、むしろ占っていたのだ。私は予見していた——王たちがすぐ手を出すだろうと。

ヘカベの目には、パリスが生まれる寸前に、夢の中で松明《たいまつ》が見えたのだ(9)。

こんなことを思いだすと、私は心が痛む思いがする。礼儀正しいアガメムノンとメネラオスは、大いなる豪華さ、名誉、平和をもって、女王に信頼できる異国人を案内人として与えたときのことを。

だから、私はまったく同感なのだ——トロイアが蒙った重圧が正しかったことに。また、至高神の信頼できる恩寵をふんだんに手に入れてから、かくも重い役目を消してしまったことに。

なにしろ、希望をなくして、すべてのギリシャ人がここから出発してしまったのだから。されば、われらは以前の楽しい生活に戻ろうではないか。われらはきっと、もう苦しみや痛みをもつこともあるまい。

でも、悲嘆を脱したアイネイアスや、その他、パリス、コロイボス——いまだエロスに執着している男——がみな見渡せるわい。

トロイアのパリス。トロイアのアイネイアス。

カッサンドラに恋したミュグドンの子コロイボス。ポリュクラテス。

パリス 今やわれらは輝かしい終焉を、好ましき愛の母神がわれらに与えてくださったこの勝利を、長い長い危険の時期を経て後、やっと享受できようぞ。そして、われらの風変わりな骨折りを記憶の中に、然るべき名誉の中に蓄えることもできようぞ。今やわれら、無敵のプリアモスの誇り高き同胞《はらから》は、堂々と進もうぜ。逆に、弱くなり、屈従したギリシャ人は、われらの猛攻を知り尽くして、これを逃がれるだろう。余は誰よりも堂々と進まん。より栄光のある名声、称号、トロフィー、黄金、紫衣こそ、素晴らしき成果を挙げた余の事業にはふさわしい。

ヘクトルはわれらより勇敢に見えたとしても、われらの誇り高くて、思慮深い事績を凌駕することはなかった。イデ山のあの荒涼たる場所で、リンゴを授けるのに迷っているとき、ゼウスによって、余は他人の問題を審判するのにふさわしいと判断されたのだ。ただし、余が扱ったのは、もろく、壊れやすいことではなく、すぐに去る人間どもの仕事でもなかった。そうではなくて、まったく稀に見る奇跡ながら、そこで——余の一声だけで——誇らしく勝利を収めたのはアフロディテだったのだ。パラス〔アテナ〕は悲嘆に暮れ、悲しみながら、そこから去った。ヘラはまゆをひそめた。三美神(10)の母を余が他の女神よりもしとやかで美しいと審判したからだ。

それから、余はプリアモスの息子であることが知れ渡った。そして、この情報を知って、トロイアはこれまでになく浮かれた。

実は余パリスは、みんなから恐れられていたのに、森や卑しい小屋を捨ててきたのだ。ヘカベがお腹の中に余を孕んでいたとき、松明《たいまつ》を生むという夢を見て(11)、余はその小屋で呪われたのだ。これは下らぬ夢と各人から判断されたが、今では、銘々、余を神と敬い、崇拝している。

余は、愛の星の光線の下、新しき船とともに、シゲイオンの海岸に赴いた。汝の母がなした約束の——テュンダレオスの娘(12)を余の妻にするとの——贈物を手に入れんがために。

余は別にびっくりすることはなかった。余がメネラオスやアガメムノンと一緒に論じているとき、彼らは愚かにも、妻でもあり、義妹でもある者を、ほんの一言で、異邦人のえじきにくれてしまったのだ。

余は期待半分ながらも、そのとき、ひどく雄弁で毅然としていたから、レダ(13)の娘は優しく、喜んで余の胸に身を横たえた。彼女は、至高神の運命のゆえ、同じく余の決断のお陰で、今やトロイアで余とともに興じている。

絶えざる嗚咽《おえつ》の中に長年の間置かれてきた全アフリカの力も、強きアキレウスの存在も、ピュロスの激しい欲望も、オデュッセウスの策略や欺瞞も、われらの楽しみをかき乱すことはできなかった。

それどころか、彼らは非難と恥辱だけを浴びせられて、ここから立ち去ったのだ。ところが、われらは賞賛され、勝ち誇り、いかなる不安もなく、楽しくて幸せな日の中に残されているのだ。されば、敬虔なアイネイアスよ、愛されしコロイボスよ、われらは長年抑圧されしこの郷土を再見し、また、ゼウスに感謝を捧げることができようぞ。

ポリュクラテス　おお、苦き憶い出、おお厳しき運命よ。汝の過ちだけで、トロイアは刃《やいば》のなかに巻き込まれた。しかも今なお凌辱のなかに置かれ、凌辱に揺るがされている。

アイネイアス　パリスよ、自らの欲望の目標を見破るのが、支配者の本性なのだ。特に自分の名誉への心遣いに苦しめられたり悩まされたりするときには、欲望は最大となる。乱された心の中で好戦的となるときには。だから、今ではメネラオスの怒りは鎮まっている。でも、私には分かるのだ、彼の胸の内にはかくも由々しい汚辱の気持ちがまだうめき苦しんでいるのを。だから、私たちは差し迫る危害を常に見越しておかねばならないのだ。君にはひどく快かった侮辱が、堪え難く思われているのだから。

極端にいたるのではなくて、正当な怒りが燃えているときにはこれを避けるのが、分別というものなのだ。そして、私の美しい愛の母アフロディテを、君があの二柱の女神よりも優美と賛えたとしても、君はこの判決を妨げて、世界をこのような激怒の中に置かず、また、私たちの胸に永遠の傷を負わせないで、逆に沈着に考えたり、用心したりすることもできたのだ。

明白なことだが、彼女の火は神々を熱するし、その美のゆえに、パフォス、クニドス、アマトゥス、キュプロスはいつも賛辞を捧げている。なにしろ、彼女はいつも人びとを挫《くじ》き、賛辞を出させるし、その胸からはしばしば優雅《カリス》が生まれているし、いつも愛された、甘美な気質を見せてくれているし、私は彼女にお気に入りの息子であるのと同じく、彼女を尊敬しているからだ。でもパリス、君はそのとき、あの重大な毀損《きそん》から逃がれて、注意すべきだったのだ、――人間の愛は神のそれに比ぶべくもなく、いつでもはかない結果となり、どんな喜びも苦悩を供するのだということをね。

またもし君が三女神の美の光が同じだと言ったとしたら、君はいつでももっともすばらしい名誉を得ただろうし、僅かな喜びごとのために永劫の侮辱を受けはしなかったろうに。

君はヘラの怒りや憤りを知っていた。またパラス（アテナ）の激怒は沈澱しているのだ。一人は天で高貴な四大を動かすのだから――ゼウスから許可されたり、ポセイドンから親切にされたりして。それに、アイオロスをも静かにさせて、彼女は意のままに、突風を押し出すのだからね。(14)もう一人は銘々に心と体を結合させるのだから――なにせゴルゴンが現われるといらだち、彼女は知識と力量をいつも呼び覚ますし、またわれらの都市《まち》を尊重してくれているのだからね。

君はさらに考えるべきだったのだ、メネラオスがかくも深刻な恥辱のせいで、その高位の座を捨てたり、復讐のために最後の夜を持ったりしたのではないことを。

また、もうギリシャ人たちはここから出発してしまったが、依然、彼らの気になる噂は消えないし、私はしばしばこれまで以上に思い出すのだ、カルカスがみんなの願いにより、彼らの予言し(15)たあのことをね。ところがそれは彼が、アルゴスの竜騎兵のアウリス付近での出現を怖れてのことだった、トロイアの平原や畑が大天幕やテントで一杯になったときにね。そのときにあの予言者は言ったのだ――猛獣が九羽の小鳥をむさぼり食うと。母鳥は木の上で黒い布を巻いたまま、悲しんでいるのに。その意味するところは、ギリシャ人たちの尊大な群が、十年目の終わりに、われらの都市《まち》を征服するに違いないということだったのだ。

きっと今の私は恐怖からこんなことを言っているのではないのだ。私は敵の激怒、激情、欺瞞で脅かされたことはかつてない。今明らかにしているのは、世上の判断が何にも耳を傾けようとはしないということなのだ。

ポリュクラテス　いかにも、最高の名誉は勇敢な心の持ち主たちにこそ取っておくべきだし、アイネイアスはその正しい判断で明と暗をしかと区別しているわい。

コロイボス　ああ、どうか天がいつもあなた方に加護を増やされんことを。あなた方の都市《まち》が威光を高め、武器の音がもはや邪魔をしない今となっては、こんな考えを打ち棄ててしまいましょう。また、怒りの話も、あるいは死についての論議ももうしたくはありません。あなた方の王は勝ち誇っているのですから、神々に感謝をしましょう。あなた方は僕の切望する目的に僕を向かわせるべきなのです。そうすれば、僕の大きな悩みが減少し、僕の絶えざる苦しみがなくなるでしょうから。

パリス　コロイボス、無理もないよ。私は君の願望に同意すべきなのだ。私も愛の矢と炎の苦しみをしかと味わったのだからね。

アイネイアス　あなたたちの話は愛の目論みについてのようだから、私としては、ここの外の通りを見に行きます。
星たちがいつもあなたたちに慈愛を垂れんことを。

アイネイアス、おじぎをしながら出発。

ポリュクラテス 私は自分にとってありがたく、親愛深いアイネイアスの手本に従います。(やおら、涙の両目を拭《ぬぐ》いながら) 私の誇り高き都の周りにまで。むしろ、慣例以上に、私はギリシャ軍のあらゆる場所を眺めに行きます。もしかして何か痕跡でもそこに残っているかどうかを。

ポリュクラテス、アイネイアスとともに退場。

カッサンドラに恋しているコロイボス。プリアモスの王子パリス。

コロイボス さて、パリスさん、愛の矢と弓の話をしましょう。また、愛の帝国が王冠を支配していることをも。
僕たちは愛への賛辞を歌おうよ。僕たちは恋の炎で満ちた心を保持しており、また、至当な訴えごとに思いを致しているのだからね。
僕は、僕の王国、新しい都市《まち》——僕の父ミュグドンはミュグドニアと呼んでいる——をも、愛で燃えたり、凍えたりしたために、捨て去ったんだ。

君だって、同じく嵐の最中に、身を焦がす渇望に動かされ、大変な危険を冒して、愛したり、媚びへつらったりして、ほかの男の心から楽しみを取り上げてしまった。僕たちはいつも慎しい声で語り続けるべきなのだ、僕が仕えたがっているアフロディテの徳性をね。僕たちはいつも目に涙を流したり、外に熱い溜め息を放ったりしてきた。さながら、釣り針にかかった魚みたいにね。でも、君はほかの恋人たちより幸せ者だよ。だって、たしかにひどく波立つ海を越えてではあるが、続いて、君の努力の目標に到達したのだからね。

僕はただ希望で生きているだけだ。僕はかくも多くの溜め息で大気を満たしているんだ。僕は僕に敵対する運命の障害物に属しているのさ。


パリス　勇敢なコロイボスよ、君が苦しんでいるその重圧は私をもひどく悩ますものだから、できればそれを君と分かち合いたいものだ。

でも、君はその燃える心に耐えるべきだよ、私は運命と闘うことをいつも称えているんだ。至高の神々の引き立てを待ち望んで、私は戦ったんだ。可愛らしい鳩や、白鳥がその周りを戯れながら飛びかかっている、あの気高い女神に期待しつつ。

女神は私に知力を授けてくださった、ひどい嵐のときにだよ。それから、私が還るときも楽しくしてくださった、海を静かにし、風を和《な ご》ませてね。私が愛神の心に希望を吹き込み、それで女神から夫婦の鎖でヘレネが私に約束されたとき、私は森も、父の王国をもともに放棄したんだ。

コロイボス　ニンフのオイノネだけは君にひどい心痛を与えたんだ。(16)

パリス　そのとおり。でも、イデ山ではかなり生活は愉快だったんだ。あそこの山々、あそこの平地で私が掟を示していたときには。森や林で、あらゆるニンフたち、サテュロスたち、羊飼いたちを見張ったんだ、厳しく、奇怪な状況とか、晴れた日とか、漆黒の夜の薄暗い光とかにあってもね。私はみんなに大きな希望を生じさせたんだ、私が現われるときにね。私には（さながら聖なる祭壇のように）筆頭の栄誉が捧げられたし、円形に踊りがなされたんだ。陽気な木の葉で頭が飾られぬ日はなかった。いずこでも、周知の陽気な気分で、シモイス川の透き通った水の下手で、花輪が作られたし、また楽しい踊りが私のためになされたんだ。そこの牧場では若い雌牛や雄牛が、バラの冠をかぶせられ、楽しく、たけだけしく、美しい小径をさまようのが見られたものだ。そこでは金銀への欲望は消え失せて、ただ牛馬の群や羊の群だけが気遣われていた。そこでは楽器ザンポーニャやチェトラ、有名な羊飼いたちの歌だけがあったんだ。彼らは競って野原に私の名前を響かせたのだ。そこではだから、木の葉や石ころにも、私の光輝ある名声が伝えられたし、それはそこでは平地にも山にも根を下ろしているのさ。ところで私が谷や丘に暮らしていた間、私は自分の高貴な名門の出を失念して、森の羊飼いとして美しいニンフを愛していたんだ。それから、今日、高貴な暮らしをしている私の父についてや、兄弟についての情報を少しばかり得てから、私は隠れていた山小屋を後にしたんだ。

コロイボス　ひどく驚くべきことという感じがするよ。母君がいかがわしい夢(17)をかすかに恐れて、まばたきもしないで、王子を羊の群の牧者として差し出したとは。

パリス　女神たちの四肢、抜きん出た個所を判断することは、最大の驚きだったんだ。顔を赤らめ、怖れ、愛し、希望し、かつその上、崇高で神聖な作業について立派な審判を下す必要があったんだ。

コロイボス　そのときの君の裁定は正しかったし、正しく判断したことは君の誇りだよ。でも、僕が燃えて、さすらっているのは、三美神《カリテス》のせいなのだ。それで、あまりの熱で、僕は死ぬ破目に立ち至っているんだ。

パリス　私の出す炎は、他のどの熱気にもまさっていた。

コロイボス　でも、まだ見ていないものを、君はどうして愛することができたのかい？

パリス　私は人間たちの噂に夢中だったんだ。

コロイボス　僕たちの目《まなこ》は心の二つの窓なのさ。

パリス　でも、見るという欲望はますます悲しませるだけだよ。

コロイボス　目にした美はずっと残るものなんだ。

パリス　でも、見るという渇望は私の死だったんだ。

コロイボス　不確かなものを欲求するのは、空しいのでは。

パリス　欲求は大きければ、ますます増大するものさ。

コロイボス　確かなことは、僕が強力な矢に苦しんでいるということだ。

パリス　でも、見た後で、私はもっと奇妙な苦しみに出遭ったんだ。

コロイボス　僕には美しいほど、ますます厳しいように思える。
パリス　私は贈り物を得るのに、大きな技術を用いたんだ。
コロイボス　アフロディテは君には優しかったが、僕には厳しかった。
パリス　私は彼女を地獄からでも強奪しただろうよ。
コロイボス　僕は千回死んでもよい覚悟だが、ただし、今存在している、他人の平安を、お世辞とか訴えとかで妨げる気にはなれない。
パリス　君への哀れみで、私の心はほろっとしたよ。何とかして君の欲求を満足させてあげたいのだが。
コロイボス　主人の君は僕を幸せにできるよ。
パリス　トロイアの高貴な美人に惚れ込んでいるのかい？
コロイボス　僕の断え間ない苦しみはそこからよみがえるのさ。
パリス　トロイアのどの女性が君にふさわしいかね、君は強力な高貴な王の息子なのだから。
コロイボス　その人は僕の心の女王なんだ、僕たちの地位や、高貴さに匹敵する方なのさ。
パリス　私の父プリアモスはかつては燃える心を相当に持っていて、君に愛の印を示したものだ。君の高貴さ、気高さは私らにもよく知られているし。父が娘たちのうちの誰かを君に嫁がせることだってできたろうに。
コロイボス　今は？
パリス　長い戦争のせいで、別の考えが父の心を満たしている。

コロイボス　ああ、パリス。君の心が情けを欠いていないことは承知しているよ。君はちょっと合図するだけで僕を地下に埋めることも、あるいは僕の願いを高めることもできるんだ。ただそれだけの理由で、僕は王国も父も見捨てたんだ。そこにある美しいもの、善いもの、世の中の雅びやかなもの、いとしい母のもてなしをすべて無視して、しかも、わが身に逆らい、あらゆる平穏を逃がれ、すべてを危険にさらしてまで。僕が見たり、望んだり、探したりしている一切の善、一切の美、一切の雅び、それは君の妹カッサンドラの美、善、雅びにある。こんなにもしつこく、憧れながら、今、僕は自分を君にさらしているのさ。これほどの災厄の原因はここにあるんだ。なにせ、僕は火トカゲのように火中に生きているのだからね。僕は火トカゲを妻として一緒に生きることを渇望しているんだ。そのために、僕の父はトロイアが攻略された際に、好戦的で、武器を誇る軍人たちを提供してくれたんだ。父は君に対していつでも深い希求を示してきたが、それも父がカッサンドラを息子の嫁にするため、僕が彼女を妻にするためだったんだ。

パリス　ねえ、コロイボス、不屈な君の魂を抑えておくれ。これまで長い苦しみの中で、私はずっと君を友として遇してきたんだからね。今日は君を義弟と認めるよ。だから、君をこれほど苦しめてきた大きな苦痛をすべてしまっておくれ。そして、君の青春の時代を楽しい冒険に満ちた状態に引き戻したまえ。

君はカッサンドラの夫で主人となり、ほかの百人と同じくらいヘカベとプリアモスに親愛な婿《むこ》となるであろう。そのため今日はトロイアで祝宴が催されよう。そこではもうアルゴス人たちも迷惑をかけることはできないし、君の身分は私と同じなのだから、私と一緒にかくも厄介な不運を乗り越えておくれ。さあ、王宮に入って行こうよ。私の父王に君が良き運命を語っておくれ。

コロイボス　貴下がいらしてください。僕は愛神の母君にゆっくりと感謝したいですから。

パリス　怒りや死の話はもうしないで、悲嘆はすべて胸から退けたまえ。

パリス、おじぎして退場。

コロイボス（独白）

祈　禱

おお、カリテスならびに愛神の母君よ、恋する星を輝かせ、第三天を統《す》べる女神よ、アレスのきつい抱擁をしっかりと味わられよ、邪悪なヘファイストスの策略を怖がらずに。危険な嵐の中を漂う私の小舟に、甘き微風と寵愛を吹き込みたまえ。かくも温和な日には、ここかしこでキュテレイア、キュテレイア(18)という呼び声が聞こえますように。

おお、星辰たちの中の星よ、星よ、のぼっておくれ。おお、わが星よ、のぼって、天を開き、大気を輝かせておくれ。そして、この王の心を開き、照らしておくれ。また、（かくもつらい苦しみから脱出するために）私に憧れの日を早く戻しておくれ。御身の愛されしアドニス(19)をいつも享有しにいらっしゃる以上は。私を哀れみください、私のカッサンドラの美しい視線に燃焼して、私は生きながら死のうとしているのです。そういう日には、キュテレイア、キュテレイアという声がここかしこで聞かれることでしょう。

おお、星辰の中の星よ、星よ、おお、わが星よ、のぼりたまえ。御身に等しき美が行き渡っていない以上は。また、私のカッサンドラとて、こう言ってよければ、そういうものを持ち合わせてはおりません。彼女はただ御身だけが彼女にお認めになるようなものしかありません。彼女は私のありがたい燧石であり、御身の高貴な血筋に等しいのです。御身はアンキセスを愛された以上[20]、どうか道を開けてくださいませ。そうすれば、私の熱い願望が和らげられます。そして、かくも愉快な日に、キュテレイア、キュテレイアという声をここかしこで唱えさせてくださいませ。

おお、星辰の中の星よ、星よ、のぼっておくれ、おお、のぼっておくれ、わが星よ。高い環にも、御身の神性に匹敵する光はありません。そこの天上にも、御身に等しい火はありません。この火はそこでは神々をかきたて、ここでは人間たちをかきたてるのです。アポロンはご存知です――驚嘆している心を御身が支配し、御身が苦悩を与え、御身が溜め息を糧《かて》にしておられることを。どうか私の恋の闘いを終わらせてくださいませ。さすれば、かくもしとやかな日に、キュテレイア、キュテレイアという声がここかしこで唱えられましょうから。

おお、星辰の中の星よ、星よ、のぼっておくれ、おお、わが星よ、のぼっておくれ。この日に、新しい祭壇にて、御身の美わしき御名のために、鳩と白鳥を喜んで犠牲にすることを永劫《とわ》にお約束致します――燃える炎に青々とした銀梅花の枝をかざして（今日、御身が私に慈悲を垂れてくださいますようお願いします）。私の胸からは、御身の不屈の御子息の卓越せる御業を四方に発散させることにより、その日には、キュテレイア、キュテレイアという声がここかしこに聞かれるように致しましょう。

おお、星辰の中の星よ、のぼがっておくれ。でも、私は何をしているのだろう、何を言っているのだろう？　眠っているのか、それともうわごとを言っているのだろうか？　私は心が楽しみで満ちあふれていると感じているのだろうか？　これぞおお、キュテレイア、御身の徴《しるし》、恩寵の証《あかし》なり。

おお、星辰の中の星よ、星よ、御身は昇られたり。


プリアモスの宮殿へと出発する。

第二幕

パラス〔アテナ〕、リンゴのことを想起して、なおも立腹しつつ

パラス　ゴルゴンの恐ろしい盾も今日の私にはもう役に立つまい。また、この槍は矢よりも軽く見えはしまいか？　私の名声は闇と輝きとを等しく相殺して和らげた結果、ものすごく響き渡っているのに、それも役に立たないのであろうか。私が必ずやイデ山のあの羊飼いを正当に裁かないことがあろうか。あれは今この非道い都の中で楽しみに現《うつつ》をぬかしておるが。

私のうちに、知識、美徳、才能、武器が息づいていないとでもいうのか。戦争でも平和でも、私が譲歩することがあろうか。

血も凍らんばかりの胸を、私が恐怖で満たさぬことがあろうか。取り返しのつかない出来事への苦しみで、私が怖じ気づくことがあり得ようか。私の心が苦しみ出すことがあり得ようか。これほどの大きな恥辱を、私が罰せないことがあろうか。私の値打ち、名誉ある位を、今日こそ人びとに明らかにできないことがあろうか。私の胸が裏切りを恐れているとでも？

私が軍神《アレス》の才知をも操らないとでも？　ゼウスの高位の娘アテナとして、私が軍隊の目、武器の

腕、兵士たちの支えになっていないとでも？

義憤に駆られて、むごい逆境にありながらも、私以上に傲岸に生きている者があろうか。真実を黙して語らなければ、私だけがすべての神々の中で処女ではなくなるではないか。イトノス、ネア、アラキュントスが一緒に、いつも私にふさわしい祈りを捧げてくれているではないか。またシバ人たちは私に名誉を与えているではないか。私の信奉者たちに対して、何ものも恐れないよう、彼らの心を勇敢さで武装させないことがあろうか。アンフィアラオスとて、その誓いに反して、残酷な死をものかわ、テバイの高い壁で、兄弟と一緒に、私と戦おうとしたではないか。[21] 私が戦いの技術や、分別を授けないことがあろうか。私はクロノスの誇り高き孫ではないか。清純無垢な私には、勝利の理が分かるではないか。

なのに、私が今感じているこの激しい怒りを、ぶちまけぬことがあろうか。私の復讐の右手は、邪まな連中からこぼれた血で汚されずにはおかぬ。この連中は今や救いもないではないか。

今日こそ、今にも消え入りそうなこの非道い一日こそは過酷で、険しいものに見えずにはおくまい。

そうなれば、パリスの判決がいかに不当だったかが分かることだろう。そうなれば、アフロディテがどれほどの破滅を避けられるか否かも分かることだろう。また、今日悲嘆に満ちているトロイアを彼女がはたして手助けできるかどうか、（朝未《ま》だき沼の上の雲のように）そこにかかっている苦しみを、彼女がはたして取り去るかどうか、今日、不吉な星々がみな共謀しているというのに。神々のうちには、他の神々の共通の意志の中で落ち着いたり、皆殺しに同意したり、または反抗して、古くさい侮辱に対して武器を新調したりするものがいる。されば、神々はみな不運、残酷な運勢、邪悪な宿命を準備しているのだ。

ゼウスはいまだに同意している――妹にして妻〔ヘラ〕がかくも尊大な判決を憶えていて、怒りをぶちまけることに。

ポセイドンは海の神々を促し、三叉《みつまた》の矛《ほこ》を研ぎ澄ましている。

そして鱗《うろこ》で覆われた波の上を、矢に射られた鹿さながらに、怒りつつ動き回っている。

またアポロンを見やれば、彼は箙《えびら》や弓を竪琴もろともに片づけて、怒りで赤らみながら、日輪を最良の運行の中に置いている。

両神とも、憤怒で心がいっぱいになっているのだ、なにしろ、彼らはラオメドンを素早く助け、トロイアの壁を恭しく第一番に築いたのに、かくも忘恩の行為が表に現われたからだ。[22]

しかも、無慈悲なこの王が約束した金は両神に拒まれたものだから、雄々しい怒りはだんだん増大したのだ。またトロイア人らは大しけの近くの海[23]によって苦しめられたのだ。

そしてそのときヘラクレスが彼らに力を貸したとしても（二頭の軍馬を贈られるとの約束の下に）、今日はこの悪意の都にかつてなく彼が狼狽しているのが分かろう、申し出の贈り物がなされなかったことを憶えているからだ。[24]そして、彼はラッパの響きで武器を取り、今日ここにきっと武装したまま姿を現わすだろう。

私としては、トロイアの残骸までもが猛火に焼き尽くされるまで、落ち着くことはないであろうし、月でも太陽でも、哀れみに泣き悲しみはすまい。

ギリシャ人たちに対しては、彼らの胸が誇りで燃え上がって欲しいし、彼らの槍や刀を研ぎ澄ましたいものだ。

私は彼らに眩《まばゆ》い兜《かぶと》を作ってやり、彼らの敵のそれは冴《さ》えないものにしてやろう。

私は華麗な盾を持って、戦さの真ん中に現われ出よう。私への叛徒たちは、とかくするうちに、正しく判断することを習うがよい。不幸の扉を開閉する私に対して、平静と中庸を嘆願するがよい。


パラス、都へと出発する。

トロイア王プリアモス

プリアモス　今の余は幸せ者だ、今やみなのうちで第一の皇帝と呼ばれてかまわないだろう。ほら、このとおり、喜びにおいて誰にも勝っている。誇り高くも余は天に昇る心地だ、余の能力に浸《ひた》り、頂点に座し、今やまさしく無敵のありさま、意気揚々として、余が王国の権杖《けんじょう》、王冠を支え、誉ある王座に座し、みなの望むすべてのことを手にしている。

ほら、パラスも、ヘラも、ポセイドンも、アポロンもことごとく鎮まっている、彼らは憤りを捨て、あらゆる怒りをなくしている。

今からは、余が都、森、牧場、野原は陽気に、安全でこの上ない静寂を享受できようぞ。

余が権杖はますます真珠で飾られ、紫衣で飾られる――平野や山々の周囲いたるところで、アガメムノンやメネラオスの落ち着かぬ一団がもう一掃されているからだ。また、傍《かたわら》の小屋や別荘の外では、人は武器を故国に戻し、それらがきちんとうやうやしく崇高な神々に捧げられている。農夫たちは信頼できぬ敵の冷たいラッパの音に、ここでまたも出くわすかも知れない。また、彼らの剣を重い犂《すき》と取り換えることができるだろう。なにしろ（天のお蔭で）恐ろしき敵陣は不面目この上ないことに、もはやここで野営することはないし、薄暗く陰気な態度でもはや戦いもせず、逆に敵の船は逃げ去ったのだから。今や余の民は怒りや立腹で興奮することはなく、汝らは輝く鎧《よろい》でもはや飾ることもなく、手に剣をすることもなく、汝らの一人が、意地悪な敵に向かって突進するのを見ることもない（敵の怪しげな激情には今でもぞっとさせられる）。称賛や、超人的な勲しや、不名誉の記憶や、昔の裏切りに思いを馳せて、怒れる手を他人の血で染めたいものだ。

さすれば余に残れる僅かな生命《いのち》を楽しめようぞ、あれこそ悲しむのを止そう。

汝コロイボスよ、汝の生活に飽きた悩みを捨てよ、今や汝の希望のときなのだ。欲求のさなかで、残酷な汚辱を離れて、カッサンドラを楽しむことになろう。汝の新たな婚礼が、二重の祝いで陽気になされよう、そしてその日は永久に記憶されるであろう。

とかくするうちに、かくも愉快な知らせで、みんなが陽気になり、この日は内なる喜びでいっぱいになることだろう。閉じた扉が開かれて、周囲のどこでも甘い歌声が聞こえよう。聖なる祭壇が高くしつらえられ、花々や緑の小枝がどこでも見られよう。今日は最高の日となろう。そして余の名誉の、無敵で、崇高かつ喜ばしい業績が謳われよう。

都の門が開けられる。

アイネイアス
ポリュクラテス
トロイアの神官パントゥス[25]
諸所を見てから戻るところ

アイネイアス　企てにおいて誉ある分別を遵守する、抜け目のない頭は、いろいろの問題においていつも目標に注視するものだ。

こうすることで、いつも躓くことはない、運命がのさばろうとも、あるいは幸いであろうとも。

ギリシャ人どもが与えた苦痛が、今なおわれらの土地を悲しませてはいるが。


ポリュクラテス　民衆の激怒、これらはまったく抑えられないもの。でも（貴殿のような）威厳のある人への敬意と同じくらい、アイネイアス、貴殿はわれらへの援助でご自身を示されるべきです。

なにしろ、貴殿には理性、思慮、敬虔、そして用意周到さが備わっていらっしゃるのですから。

あの都、それに、すっかり途方にくれた民衆をご覧ください。城壁の近くに居る完璧な大騎兵をも。これを見て、私たちの誰もが涙を見せずにはおられません。

そして、物語られる間、私たちを動転させ、まゆを縮らせもします。なにしろ、あれは聖い捧げ物として、私たちのしあわせのために、アテナになされた贈り物なのですから。
みんなはそれぞれ馬の骨組みを眺め、他の人びとはそれを恐れています。他の者たちは高い城砦《アクロポリス》で身を守りたがっています。また他の者たちは尊大な声で、それを焼け、と叫んでいます。さらに他の者たちはそれをオデュッセウスのものと間違っています。そして、口から毒みたいなものを発散させ、この当てにならぬ贈り物は海の中に浸されるべきだと要求しています。他の人びとは空の胴体を切り開き、その奥底をも探すべきだと要求しています。また他の人びとはそれについてさまざまな理由を捻《ひね》り出し、彼らの胸の真ん中に苦しみが入り込んでいます。ですから、貴殿は敵が逃亡してから、都がだまし取られないように、また、私たちの損害と恥辱が倍加しないように、用心していなければなりません。

パントゥス　王家の道を歩まれ、友愛の行いを模しておられる貴下のことゆえ、貴下の飾られた胸の善意をもって、私をお助けになるべきです。貴下はゼウスの高貴な子孫なのです。ゼウスはアトラスの娘エレクトラにより、ダルダノスをもうけましたし、そして初期の王家にこの名前を授けました。この正真の子孫から、エリクトニオスが生まれました。ここから、慈悲深くて公正なトロス[26]が素晴らしい始祖となり、そしてイロス[27]を相続人にしました――その王国における（長子）として。なにしろ、弟のアッサラコス[28]は、王国にのしかかっている危険から解放されることを欲したからです。
それから、イロスよりラオメドン[29]が生まれ、彼はこれらの城壁を、大変な大金をもって築きました。これらの城壁は今日でも聖なる神が守っております。なにしろ、太陽神《フォイボス》と海の神《ポセイドン》がそれらを庇護しているのですから。

ラオメドンからプリアモスが生まれます、三十七人の息子の無敵の父として。(30)でも、アッサラコスの息子はたった一人、カピュス(31)だけでした。彼はアンキセスの父でした。ここからと、美の三女神《カリテス》の母親(32)から、貴下という高名なお方が生まれたのです。ですから、貴下はプリアモスの甥に当たります。神に感謝を。

貴下の美徳は生まれつきなのですから、ご覧の重大事に望むらくは手腕を発揮されよ。そして、慈悲深い目《まなこ》で、馬のからくりが新しい計略ではないかということも。私はここからそれを取り除いて欲しいのです。そして、城の中に、監視をつけながら、隠れていてください。こうして、まず悪運に疑いをかけるのです。そして、この障害、あの障害に思いをめぐらし、今われわれの上にのさばっている苦悩を阻止するのです。

アイネイアス　群衆から出た噂や、聖なる神託が明らかにしたことが真だとすれば、あの巨大な馬はゼウスの娘、内気な女神〔アテナ〕への生贄であり、こういう贈り物は神にこそ捧げられるべきなのだ。それを手に入れることは、民衆には烈しい諍《いさか》いの因となる。これはよそで欺瞞を働いているか、それともギリシャ人たちの仕組んだ罠なのか。われわれとしてはほかにも考えてみなければならない。私は、すべての光を輝かすあの光にかけて確言するが、これはわれわれを傷つけるためなのだ。私の記憶を鮮やかに永続させることを、すべてのギリシャの戦士たちになすべきなのだ。そして、貴殿たちの持ちうるすべての力、私の青春の開花期を、貴殿たちみんなのために用いるべきなのだ。

だが、予言者カルカスの予言が、人びとを唖然とさせて、各人の力を失わせることはない。他方、アウリスのギリシャ人たちの天幕は当時、悪疫で苦しめられていたが、アテナの神殿の中で、予言者が自らの声の音に応じて返答を得たのだった。その答えとは、当時、アガメムノンの娘イフィゲネイアが（傲岸なる欲望ながら）、さる女神[33]の名誉のために生贄に供されなければ、その悪疫は決して弱まるまいし、また、彼らの戦いが好首尾に終わることもあるまいし、でも、その処女が聖なる生贄に捧げられれば、これらの激烈な嵐も、彼らのさすらいの骨折りも一掃されようというものだった。そこで、この娘が殺された後では、その災いはいっぺんになくなり、それ以後、兵隊は幸せだった。

パントゥス　ですが、振り返ってみますのに、十年目の終わりの今になって、あなたはメネラオスに愛妻を返すことに同意されたのですよ。

でも、パントゥス。私は思い出すのだが、ギリシャ人たちにはもういかなる力もないだろう。彼らはすでに凪に帆を揚げたのに、メネラオスはじっと動かないからだ。

また、度を越した損害と見なされたのです、——パリスが当時、愚かな欲望から、王の妻を誘拐するなどという、途方もない危険を冒したのは。私は知っているのです、——同じメネラオス、オデュッセウスがパラメデスと一緒に、アルゴスからトロイアに赴き、そしてこのギリシャ女を恭しく請い求めたのを。

アイネイアス　パラメデスがこのことをプリアモスや、私たちやオデュッセウスに言ったのだよ（思い出すだけでも私は不安に駆られるのだが）。パリスは当時トロイアには居なくて、シドンで流血の戦いをやり、王を殺してしまったのだから。プリアモスはパラメデスの言に耳を傾けず、怒りと嫌悪を漲らせて言ったのだ、――居ない者を非難し、他人の品位、名誉、名声を地下に隠すのは適切なことには思われぬ、居合わせた者たちによる非難は排斥されるべきだ、と。

こうして、彼らの訴えは延期されたのだ。

パントゥス　憶えています。助言は伝令たちを締め出しはしませんでしたが、パリスの仕業はかなり反感を買いました。当時は、たしかに不心得でしたから。

アイネイアス　それどころか、彼が新しい船団とともにイリオンに到着したとき、この奇異な行為のせいで、どのトロイア人も親しい顔を示しはしないで、逆にこのことのゆえに、みんな悲しみで重苦しかったのだ。

プリアモスは人情味のある態度でこの一件を息子たちの前に持ち出した。彼はヘレネをその夫のもとにすぐ返してやりたかったのだ。しかも、ある者はアルゴス人たちが怖かったのでしぶったのだが、ヘレネのことを思って、各人は悩んだのだ。そしてみんなの前で彼女の話を聞くことになり、そこで彼女はこう言ったのだよ。

「みなさん（アルゴス人）もご存知のように、私はトロイア人の高貴な血統の出身です。考えてもください、気高いフェニキア王、あの有名なアゲノルのことを。

この神のような美しい種子からは、タユゲテ、ヘカベが生まれたのです。ヘカベは今日、令名高きプリアモスの妻となられ、ここに居られるとおりです。

私はタユゲテから生まれました。彼女はラケダイモン(34)の母でしたし、ここからアミュクラスが生まれました。

アミュクラスからはアルガロス、そしてアルガロスからはオイバロスが生まれました。オイバロスからは、私の父テュンダレオスが生まれました。

思い出して欲しいのですが、(いつでも苦々しく思われることは承知していますが)私の母レダはヘカベと親戚でした。なにしろアゲノルの息子フォイニクスがこのことを私に明かしてくれたからです。それで、申し上げますと、私はアルゴスからの脱出を考えていたのです。そしてあなたの眉をひそめないで頂きたいのですが、アフロディテもこれを許してくれたのです、彼女にとってはたいそう正当な、私にとってはありがたい判決を。

私はこれにたいそう賛同しましたから、他の人びとを叱責するのは適当ではありません。私の夫はあの狩人に獲物を捧げるべきではなかったのです。

私はプリアモスの娘ですし、私の希望はパリスにあるのです。私はアルゴスについての思いはすべてなくなっていますし、すべては遠い過去のことです。

このことを侮辱と見なさないで欲しいのですが、私が誘拐された女のうちの最初ではなかったのです。

ご存知のように、ゼウスはいつも自慢しています、その見本をいろいろと私たちに与えたことを。

彼は荒々しく、長くて孤独な道を通り、はなはだ厳しい炎と化してアソポスの娘[35]を奪いました。

彼女からはアイアコス――あなたの誇り高い祖先――が生まれました。

ゼウスは牡牛に変身してエウロペをも奪いましたし、イナコスの娘[36]と一緒に快く寝ました。しかもこういう乱暴な行為をヘラは気にもかけませんでした。月桂冠で頭を飾る者[37]はマルペッサを奪わなかったでしょうか。ハデス神はペルセフォネを奪わなかったでしょうか。ナルキッソスの父[38]はオケアノスの娘を奪わなかったでしょうか。ヘラクレスは大げんかをしてピュレネを奪い、一緒に連れ去りました。彼はアルテミスのニンフ、アウゲアを誘拐してこの女神を嘆かせ、またアルカディア王[39]に恥をかかせました。また、テスピオスの五十人の娘を、忘れもしない、たった一晩で奪ったのでした。これで十分でなければ、あなたの先祖たちの同じような所業をお話ししましょう。そして、破られた約束をすべてあなたに明かしましょう。」

彼女はこのように言った。もし止められなければ、さらに長々と語ったことだろうよ。そうこうするうちに、トロイア人もアルゴス人もとうとう落ち着いたのだ。

ポリュクラテス　プリアモスの子供たちがどれほど眩しかったかは、今でも溜め息とともに思い出します。また、ギリシャ人たちに無慈悲だった、うるさいデイフォボスのことも。

アイネイアス　でも、ヘレネのこのようになされた厳しい返答に対して、オデュッセウスと悲嘆に暮れたメネラオスは反論した。そして、きっぱり抗議して言ったものだった、――どのギリシャ人もパリスの非道い無礼行為を憎しみをもって覚えているから、彼らを当然ながら、険しい敵陣としてもつことになろうし、そしてわれらトロイア人には、復讐、皆殺し、決定的破滅が降りかかるだろう、と。

神々の正当な審判としてね。

だが、こういう異常な事件をまったく気にかけず、またこういう威嚇をも無視して、みなを救うために、われらの王の罪深き子供は誰ひとりとして屈服してはいない。

その結果、憤りはますます増大した、――ギリシャ人たちやアジア一円のみならず、われらにもっとも近い地方においても。

それだから、見てきたとおり、われらのあるゆる岬では荒々しい恥辱がもたらされて、人の血で通りは染められたわけだ。

でも、神々の情《なさけ》のおかげで、過度の冒瀆もすべてにおいて罰されはしない。なにしろ、最後にはギリシャ人たちが立ち去ったからだ。でも、メネラオスの無礼行為は去らず、彼の傍に留まっている。

だが、さあ行こう。われらの同郷の女どもにわけても良いニュースを伝えよう。

ところで、パントゥス。フォイボスに感謝している友よ、聖なる祭壇に香をばらまくときは（忠実な司祭、立派な神官として）この神に祈っておくれ。怒りを奮い立たせた姿をもう見せないで、むしろ、その明るい光を、この神を信じている人たちにお示しくださるように、とね。


アイネイアス退場。パントゥスも一緒に。

ポリュクラテス（独白）

ポリュクラテス　至高の神々に敬意を欠くことは人びとに有害と決まっている。だから、いかに疑わしい運命にも懇願するのがよいのだ。そうなれば、厳しくて邪まな運命も退こう。だがラオコンがだしぬけにもやって来て、中に入り込んでいる。一つひとつの事柄に傾聴するとしよう。

ラオコン、ポリュクラテス

ラオコン　人間の過ちが、幾年もの期間ずっとこらえてきたゼウスのもとで許しを得る限度を越えたとき、重い過ちに対して、正当な刑罰を与えるのも、希望をもってのこと。新たな苦悩が人の生活を変え、また辛酸を嘗《な》めて彼らは自分らを待ち受ける神の鞭を恐れるだろうとの。ところがやがて、ますます悪化するばかりで、彼らにはこれらの威嚇がほとんど気にもかからない、とゼウスは気づく。

そこで、ゼウスから正当な裁きが求められることになるのだ――みな一様に危険に陥り（なにしろ、ゼウスは心のうちにある哀れみを怒りで壊すからだ）、結局、最後の審判を下すことになろう。こう考えると、私の心は縮み上がる。なにしろ、トロイア人たちは知力の明るい輝きをなくしてしまい、みなで無礼を働いたことへの重大な懸念も彼らには気にならず、運命の最悪の事態を予測することもしないからだ。トロイア人として、またわが聖なるポセイドンの忠実な神官として、私は狼狽することなく、わが愛の鮮やかな徴を示そう。そして、明らかにしておこう――アテナに捧げられるこういう不実な贈り物は、とどのつまり、悩みの種となり、平和なわれらの生活を乱すだろうことを。なにしろ、重大な侮辱が敵の胸に食い込み、これを圧迫しているときには、正当な復讐をするのが遅ければそれだけいっそう、その侮辱はどんどん増大するからだ。思うに、アガメムノンやメネラオスには古い侮辱に満ちた傷が生々しく見える以上、彼らの火照った心は一緒に戦うであろう。されば、私の目にはいつでもすぐに浮かぶのだ、トロイア人たちの血まみれの光景が。彼らはギリシャ軍がここから立ち去り、アトレウスの子らが疲れ、弱々しくも、われわれから遠く離れているとの希望の下、みんなが心を大胆にし、あらゆる悲嘆、あらゆる恐怖から解放されている。

私は走り寄って、大きな馬を眺めてみる。城塞の中ではこれだけが話題となっており、テュモイテス(40)はこれをイリオンの最上部に導けばよいと言い、他の者たちはアルゴン人たちの大きな陰謀を恐れている。

しかし、ここにはこれにつき真の判断を下せる者は皆無なのだ。それでも、人知を超えた驚異がここにはある。ほらこの通り、高い壁の近くに見える、おお、邪悪なからくりよ、おお、邪険な妙技よ、私はそこを登り、健全な精神をもってこの冷酷な機械を眺めに行くとしよう。

ポリュクラテス　思慮、理性、経験は常に、誠実で至高の神々に感謝している人びとの手中にある。私はそういう人に確かめたいものだ――どういう意見を持っているか、またトロイア人たちが目の前にヴェールをかぶっているか否か、また彼らの頭脳がよどみ、感覚がにぶっているか否かを。

ラオコン　市民諸君、あなたたちはどうして熱狂するのです、惨めにも、盲目となられたのですか。敵どもが彼方へ行ってしまったなどとなぜ信じるのですか？　あなたたちの近くにある連中の贈り物に策略がないとでも思っているのですか。（すっかり分別をなくして、不幸にも）あなたたちは気づかれないのですか、オデュッセウスが数々の試練で有名なことを。ギリシャ人たちがこういう木の中に隠れているかも知れず、この高い機械が作られたのは、われらの周囲を固めた家々を見分けるためかも知れず、あるいは、身を隠すためのわれらの壁に対して、技術と才覚を働かせて近づくためかも知れず、あるいは、他のどんな陰謀がその中に仕組まれているかも知れない。

トロイアの人びとよ、どうかこの大馬を信じないでください、どう望まれようと、私はギリシャ人やその贈り物を恐れているのです――この贈り物が辛い死のそれではないかと。私の知る限り、これは陰謀の作品に過ぎず、私の正しい考えを見分けるためにも、この曲がった、側面を傷つけてみたいのです。

大いなる恐れに駆られつつ、彼はこの槍で馬を傷つけ、そして、横腹にしっかりと槍を差し続ける。

ポリュクラテス　おお、人びとと神々との媒介者よ、無敵なる神官よ、汝はいかばかり信念、愛情、かつ偉大なるポセイドンに新たな賛美を捧げるつもりです。

私はこの身をむしばむ憤怒を和らげるため、今やよろよろと、疲れながらも、尊き生贄に赴き、その熱烈な心を示してくれていることか。

でも、その槍をそんなに急に投げつけてみて、閉ざされた中庭に置かれた馬の出入り口の外でどんな珍しい震音が聞こえたのかい？　空洞はどんな響きを立てたのかい？　また、そこに差さっていると思われるその槍はどのように震えたのかい？

今、私はここで起きた一部始終を、城内に行って報告しよう。そして、このように重大な最高の仕業に対して、どのトロイア人も明晰な心を加味して欲しいものだ。

また、悲歎に至る前に予防するがよいのだ。

だが、アイネイアスの姿が見えているぞ。彼と一緒に、コロイボスも居るわい。


アイネイアス。コロイボス。二人の羊飼いとともに縛られたシノン。

プリアモス王。トロイア人のパントゥス。

アイネイアス　（高名なコロイボスよ）愛神《エロス》の掟のうちで、ただ一つもっともありがたいもの、それは、愛人が悩み、盲目になり、運命との意地悪な戦いの後で漸く、多年にわたって望んでいた果実たる喜びを享受するということだ。
さあ、君はゆっくりとカッサンドラを楽しむがよい、もう邪悪で忌まわしい運命を恐れることはない、君はこうもさんざんな苦労を重ねたのだからね。
コロイボス　愛神《エロス》に感謝しなくては。とうとう、明らかな光で今日、僕に使者を示してくださったのだから。

でも、ここの近くにいる敵どもはいったいどういう人びとなのです？

シノンがトロイアの羊飼いたちによって縛られたまま、引きずられており、芝居しながら叫ぶ。

シノン ああ、悲しや、いったいどの土地、どの海岸が僕を飲み込めるというのだ？ もう僕に何が残っているだろうか、ギリシャ人たちのところにはもう居場所がないのに。しかも、当てにならぬトロイア人どもが僕に敵対の態度を示しているし、群衆は今か今かと僕の血を、最期の時を渇望しているのだもの。

アイネイアス この男はギリシャ人だ。なのに、どうやらギリシャ人たちのことをこぼしているらしいな。君たち、ちょっと立ち止まって、このことの本当の理由《わけ》を見極めてくれ。

ねえ、君。君はギリシャ人じゃないのか？ どうして君の顔は涙で濡れているのかい？ 君の人生は自由だったのに、どうして今は捕らわれの身となっているのだい？

シノン 後生ですからお願いします。（どうか）トロイアの方々、私を殺す前に、あなた方の無敵の王様の御前にお連れください。不実なギリシャ人たちの邪悪で奇怪な陰謀をご説明したいのです。彼らは悲しいことに、私の哀れな血のみに、ひどく飢えているのです。

プリアモスがトロイア人たちを従え、宮殿から入場。

プリアモス　余が心地よい光景をいとしい眺望の糧《かて》にしている間に、余が都には陽気な馬上槍試合が準備されつつある。ここにはもう悲しんだ人間は居ないはずだし、各自がそれぞれ最高の歓喜《よろこび》を顔に表わすがよいぞ。

じゃが、今、余の目にはいったいどんな新しい光景が現われているというのじゃ。この囚人の着ているものはギリシャ服だな。いったいこの者は誰なのだい（トロイア人たち、言ってくれたまえ）、どうしてここで縛られているのかい？

アイネイアス　ここの羊飼いたちが叛徒として私たちのところへ連れて参りました。でも、この男はただ、ギリシャ人たちのいつもの悪習だけを泣き叫んでいます。

プリアモス　其方《そちら》は、どうやって手に入れることになったのか、言ってくれ給え。

第一の羊飼い　私どもは羊を牧場へ連れて行きました。着衣、泣き方、うめき声からして、この男がギリシャの青年だと分かったのです。

長い間私どもに苦しみを与えてきた烈しい恨みから、私どもはかっかしながら、ロバにはそこで食べさせておき、異例にも猛然と彼を捕まえました。すると彼の涙が空中をいっぱいにしたのです。そして、彼はずっと私どもにギリシャを中傷し続けるものですから、私どもとしては彼を殺すことが正しくないように思えて、彼を審判者の貴下のもとへ引き出そうと決めたのです。

プリアモス　ギリシャの軍勢はわがほうの海岸から出発したのに、どうしてお前は彼らから遠く置き去りにされたりしたんだい？

シノン　どうでもよいのです。僕は無敵の王様、もう死ぬ覚悟ができています。僕は自分で隠蔽したり、真実を取っておくとか、隠しておくとかということは一切ございません。

僕がギリシャ人に生まれたのではないことを否定しはしません。このことを白状しておきます。ところが、運命が僕を惨めにしたのです。でも、僕は決して軽率な男じゃありません、僕は金輪際、嘘つきにされることはありますまい。ですが、僕に死活にかかわるお引き立てを享受させて頂けるとしたら、陛下、僕の控え目なお願いにどうかお耳をお貸しくださるようにという、たった一つのお情けを僕はおすがりするだけです。

陛下は（高名な高貴なるご身分のおかげで）世の中から、忘恩の目にも、そこをすっかり支配するのがふさわしいことを分からせていらっしゃいます。それというのも、いつも統合を望んでいる方にとって、恐れられることを金輪際自らに禁じることにより、寛容こそが番人、案内人であることは明らかだからです。閣下におかれては、永劫の王国を信じておられますゆえ、指導者であられるのです。

ですから、王権を握っていた、もしくは今なお頭上に王冠を戴いているすべての方々の内で、陛下だけが恐怖抜きに統合なさっておられるのです。こうして、偉大なプリアモス、陛下こそはかくも煩わしい運命に対して、慈愛の極みなる武器で打ち勝たれたのですから、みなの憎悪を逃がれて、万遍ない情愛の磁石となられるのが至当なのです。ですから、民衆はいつも閣下の温和な御心に服従し、みながとても忠実に閣下を敬愛しているのです。敬愛しながら、心中で希望しています。希望しながら、各人は満ち足りて、喜んでおり、閣下を引き立てている天分を理解しています。そして、各人は閣下の中でいかに勇気が威厳のある分別で輝いているかを告白しながらも、閣下の内で輝いていることを、理解しているのです――閣下と王国そのものが閣下においてよみがえり、閣下において支配が現われ出て、確認したのだということを。（こういうことは閣下の王者の胸中にある名誉に叶っております。）閣下の真摯な友愛の意図は、法を遵守しつつ、善良なしきたりの閣下の王国に、こういう効果をもたらしています。つまり、悪人には罰を、善人には評価を与え、そして人びとの間に正義を行きわたらせているのです。

こうした閣下の崇高な品性が、僕に元気や勇気を与えてくれることを承知しています。また、ギリシャ人たちの飢えた、燃えるような渇きも、ご厚意ある御足の下では、僕らの血と四肢の中で消え去りはしない(41)ということも。

プリアモス　起き上がりなさい。そして、そのことの深い理由を明かしなさい。

アイネイアス　アルゴスの連中は生来、残酷なのだよ。

シノン　僕は（陛下）存じています、パラメデスの何らかの話があなた方のお耳にたびたび届いていることを。あのギリシャ人パラメデスの評判は、今では知られていませんが、ずっと有名なままでした。なにしろこの男はトロイア戦争を禁止したものですから、ギリシャ人たちは彼を罪がないのに殺したのです。そのとき、僕は彼の親友でした。こうしたひどい悲しみを憶えているものですから、僕はトロイアで真の友人の報復をしたかったのです。

僕の不幸はここから生じました。ここから、不実なオデッセウスは僕を怖がらせだしたのです。決してそれを止めませんでした、カルカスとぐるにさえなって。

でも、こんな不快なことを僕はあなた方にどうして物語っているのでしょう？　どうしてもたっいているのでしょう？　どうか（僕の満足のいくよう）お望みの罰を、ほかの何でもを、さあ僕にお科しください。情け容赦なしで。そうすれば、オデュッセウスは喜ぶでしょうし、ギリシャ人たちも彼と一緒に喜ぶでしょう。

プリアモス　まあ、落ち着きなさい。われらにはまだ哀れみの情が生きておる。だから、そちはひどい刑罰からは解放されよう。

アイネイアス　続けなさい、お前の願いが報われるようにね。

シノン　アルゴスの人たちは長い戦争に疲れて、ほとんど希望もなくして、トロイアを去り、アルゴスに戻ることを幾度も望んだのです。（ああ、もしも彼らが行ってしまったとしたら、神々がどれほどお喜びになったことか。）でも、荒れた海の狂暴な兆しがこの考えを妨げました。不信心な彼らの安逸の眠りを、荒れ狂った南風が脅かしたのです。そして、塩辛い波のためにさ迷って、船は激しく揺さぶられました、帆を風に当てがおうとはしたのですが。とりわけ、楓《かえで》の大きな馬が組み立てられたときには、高い空に薄暗くて、激しい雨雲が現われたのです。こういう奇跡に、神官として頭髪を白くしていたエウリュピュロスを、僕たちは合間を置かずにフォイボス〔アポロン〕の僕たちには不明な神託の伺いに遣わしたのです。すると秘めた場所、聖なる祭壇から、フォイボスがかく答え、僕らはそれを信じることになるのです。「ギリシャ人たちよ、汝らはまさにこの海で、猛り狂う風を血もて友とした。生贄で殺した処女とともに。されば、血もて今一度帰りを求めるがよい、厳粛な儀式でもって、死途に就こうとする汝らの一市民を犠牲に供することにより。」

日の出のときにひどい恐怖がなくはなかった僕たちの耳にこういう声が消え失せると、各人のいぶかしい心の中にひどい恐怖が生じました。そして、時間を見分けるフォイボスが望むとおり、罪もなく誰かが死ぬと知るだけで、骨の内にひどく冷たい震えが走りだしたのです。

ほらこのとおり、大きな声を張り上げ、激しく動きながら、オデュッセウスは群の中から導師のカルカスを連れ出し、彼に神々の意志を尋ねます。すると（僕の悲しいことに）多くの者たちは僕の死でもって、ひどい苦しみを和らげるという、不敬で、傲慢な、企てられた陰謀を予告したのです。こうして、オデュッセウスは集まったギリシャ人たちの前で、僕にこの不敬な犠牲を申しわたしたのです。

みんなは賛成しました、そして、各自が自分では恐れていたものを（僕には不幸なことに）僕に残してしまったのです、あらゆる不敬な犯罪を僕に不利に仕向けた上で。

いよいよ、僕を生贄にしようと各人が動きだす恐ろしい日がやってきました。高い祭壇の上に、僕を覆うための布、塩、剣が準備されました。

ところが（はっきり申しますと）王様、僕は縄を切り、そして死からわが身を解放しましたし、死から逃がれたと思いました。そして暗闇の夜中に、僕が泥んこの沼や、冷たい氷に潜んでいる間に、ギリシャ人たちは風に帆を当てがったのです。彼らはきっと出発したかったのでしょう。

僕は親愛な祖国を見たり、また、愛しい息子たちと父親との慎ましい争いを見るという希望をすっかり失ったのです。彼らに立ち向かったギリシャ人たちの無慈悲な部隊が目に見えるようでした。そして、彼らにギリシャ人たちは僕の逃亡と（ああ悲しいかな）僕の罪との堪えがたい罰を償わさせるでしょうし、彼ら[42]の死をもって購うことを欲するでしょう。ですから、伏してへり下った声で、陛下の無敵な聖なる王冠、天上に永劫におわす高貴な神々にかけて、また人間たちの間に保たれている信仰にかけて、どうか僕の息の詰まるような苦しみへのご同情が陛下を動かしてくださるようにとお願いします。この苦しみへの真の同情が湧き上がり、僕をあらゆる理性の外で癒してくださらんことを。なにしろ僕はいつでも慈悲深い同情が用意されている、陛下の下に逃げてまいったのですから。

プリアモス　ほら、朕はそちに生命と赦しを施そう。そちがどうあれ、そちを破滅させたギリシャ人どものことはもう忘れるのじゃ。今はそちは朕のものだ。この者の縄を切ってやりなさい。喜んでこの男を自由にしてやろう。哀歌から外れて、そちの同郷人と思われたいものじゃ。じゃが、朕の知りたいことは有り態《てい》に語っておくれ。なにゆえにギリシャ人どもはアテナを替えてこの馬を造ったのかい？　このような巧みなものを造ったのは誰だい？　彼らにはどういう意図があったのかい、またどんな運命のためなのかい？　戦争用の装置なのか、それとも陰謀のためなのか？

シノン　光りの陛下を、そしてさらには、陛下の並外れた、高い権力をも僕は永劫の証人と呼ぶことにします。汝ら、聖なる祭壇よ、汝ら容赦なき剣よ、僕はもう汝らを逃がれた。今僕の欲している汝、自由よ、不当な判決のゆえに、生贄を言い渡されて、烈しい残忍に満ちた人びとの間で僕が身につけていた汝、眼帯よ、どうか僕に認めておくれ——僕がギリシャ人たちと交わした誓いを免除し、彼らを憎み、この王、親愛なるトロイア人たちに秘かな考えを気づかせることを。なにしろ、僕にはギリシャ人たちを非難する深い理由があるのだから。

この戦争はギリシャ人たちには、至高の名誉がかかっており、いつもパラス（アテナ）に助けられてきた。だが、オデュッセウスとディオメデスが女神の神殿の中で門番を殺したり、また、致命的なパラスの神像を強奪してからは、この清純な女神は愚行に対して流儀を変えた。今や軍勢の後を追跡し、以後、彼らの希望を冷やしにかかった。それどころか、ある日、彼女の神像が戦場に高く掲げられるや否や、目の前で陰気な目で電光石火に焼かれ、常軌を逸して、憤怒、塩辛い汗を四肢から発散させたのだ。そして大閃光とともに、女神は盾をもって現われた、震える槍をも手にしながら。

そのときカルカスは海から逃げようと欲した。（たとえ軍隊があふれており、ギリシャ人たちには、失われた名誉を取り戻そうとこれまで以上の欲望があっても）アルゴスの武器でトロイアを滅ぼすことはもはやできまい、アルゴスへ戻って、儀式をやり直し、（かつてやったように）この上なくありがたくて強い神々にうやうやしく懇願しつつ、アテナに新しい祭壇を建てるのでなければ。そして、賢明なこういう立派な考えのもとに、たわんだ船とともにそこから引き出した聖なる神をこの場へ運ぶのでなければ。こうカルカスはギリシャ人一同に語ったのです。そこで、苛《さいな》んでいる苦悩を治すため、かなり年をとり、沈着な判断力のあるアルゴス人たちは、アルゴスから動かしたパラスの神像や他の物、つまり、こんな恐るべき彫り像の代わりに、（彼らの大罪を洗い清めるため）イリオンの門に入らないほど高い、土嚢《どのう》をつくったのです。これを壊さないで、代わりにあなた方御自身の手で国土の中に引き入れるならば、あなた方の強力な手がギリシャを支配することもおできになりましょう。そして、この幸運はそれから陛下のご子孫にまで及ぶことでしょう。以上がこの巨大な馬の深い理由なのです。

プリアモス　それじゃこれから入るとしょう。そして、トロイアの会議を召集する。そちの話には決意が固まっている。いかなる恐怖も持たずに、そちの欲するところを打ち明けるのじゃ。

全員、城のほうへ出向く。

二人の羊飼いが戻るところ

第一の羊飼い　ご覧、森や牧場や小屋は草がおい繁り、丘陵は安らかだ。ディオニュソスは黄金《こがね》色や、鮮紅色をしており、陽気になっている。深刻な恐怖も消えている。さあ、バグパイプの音で唄いながらディオニュソスを呼ぼうではないか。ほら、今や白い雄牛、ひ弱な羊どもが豊かな傾斜地をさまよっているのが見えるだろう。美しい花や新鮮な草を食《は》みながら。

第二の羊飼い　ほら、俺たちの優美なニンフらも森の調べを唄っているのが聞えるだろう。また、エロスの弓や箙《えびら》、餌《えさ》を、メナルカスやコリュドンが称えることだろう。そして森やエコがその歌に応えるだろうよ。

季節を問わず、平野はもはや静まりかえってはいないし、荒れ放題ではないし、牛や犂《すき》が見られることもない。それどころか、畑も小枝も、敵に不意打ちを食らうこともなく、花が咲いている。

第一の羊飼い　夏風で燕麦が波打つだろうな。イナモミや枯れ枝ももう堂々とのさばりはしまい。鎧《よろい》を落とし、火も消えているから。

第二の羊飼い　ほら、俺のしとやかな女神が見えるよ。バラをイグサで包み、戯れながら、俺のために花輪をつくっている。

第一の羊飼い　そうさ、みだらで美しい彼女はきっと恐怖から解き放たれて牧場にやって来れるだろうよ、そして、日の出の頃に、俺の胸にバラやスミレをまき散らすに違いない。

第二の羊飼い　おお、物欲しがり屋の、激しい時よ、僕の東雲《しののめ》のオリエントよ、汝は僕の濃い頭髪を美しい花で飾り立てることができよう、僕が愛の炎の重荷を甘い眠りで一掃するときに。そして、汝は僕と一緒に休息することができるだろう。

第一の羊飼い　ギンバイカの時よ、月桂樹の時よ、僕を飾っておくれ。僕の爽やかなレヴァントよ、さあ、芳香をまき散らしておくれ、――僕が衰弱し、疲れてゆっくり歩いているのに気づくときには。そして、永遠《とわ》の安らぎをもって僕を慰め、甘い接吻を与えておくれ。

第二の羊飼い　愛に忠実一徹な、僕の若き恋人よ、永久《とわ》に僕のためにバラ色の花輪を一つ用意しておくれ。毛多き羊をみんながびっくりするほど甘美に刈り取っておくれ。

第一の羊飼い　さあ、夕べのために場所を確保しよう。羊の群が戻ってくる時間だから。

二人、退場。

第三幕

アキレウスの亡霊

私は無敵のアイアコスの勇敢な息子アキレウスである。愛し、戦い、そして最後に、当てにならない矢で殺されて、ここで死んだ者。今日、私のピュロスが私から重い眉毛(43)を抜き取って、トロイアを破滅させてくれんことを。(大昔の悪事に対しての、正当な刑だ。)

私は地獄のもっとも堪え難い圏から出てきた、血気盛んな嘆きの魂。これを刺激したのは、色に勝る太陽、限りなき非情な残忍、苛酷な冷酷、そして、私をむしばんだ、稀に美しき、激しい忘恩。

今こそ私は汝らの顔に姿を示すのだ。

地獄のひどく不当な判決を私はこんなに長く履行(44)している。私は聞いたのだが、今日世の中には最大の優美が見られるとのこと。私のポリュクセネよりも高くて、好ましい優美が。この上なく慎重な仕事、この上なく鮮やかな美、この上なく輝かしい美徳、これらをすべて私は征服してきたというのに。

こういう恥ずべき平等と並んでさらに他のより大きな苦悩が私を隷従させた。私は永劫の苦しみを抱く王[45]の足下に跪いたのだ。この現世に出てゆく余地を私にお与えください、と。そして、歪んだ理性を、掻き乱したり、奪ったりしたり、真実と見えるものが忘却の中に放置されることのなきように、と。

人間の視界、上べの外観、見せ物の中に私はよく姿を現わすのだ。それも、愛とか信念への責務からなのではない。なにしろ、パリスの向こう見ずな不敬行為で、私は早死にさせられたし、それから、今なお怒りの泡が張りついた憎悪に私の目を向けさせるからなのだ。

また、ポリュクセネの漠とした内心を言う気にもならない。なにしろ（モーリタニアからクサントスまで）最高の名誉をもって、日に千人の命を奪うし、また男たちを死ぬように駆り立てているのだから。そして、彼女は自分で自分を衛り、また、ときには生死の占いを行うし、ときにはにっこり微笑しながら、甘い罰とか、苦い罰を与えるからだ。

でも、私はただひとり、嘲りには聴き慣れているので、（私の身の上に）誇りと地位を引き受けるのだ。金で埋まった網の上に今座している、あの天使の輝きを帯びた地位を。女神のではなくて、私の不当な罰への護衛なのに、私が見たほどには明らかでないというのはどうしてなのか？

そして、霧の中で太陽をはっきりと見分けるために、私はいくらか証明しにやって来たのだ。盲目の誤りの相続人たる、大胆不敵さが、ここでは、今日は処罰を免れたのだということを。かりに、地獄の法廷の一つの霊魂が、緑の岸辺で、四肢から切り離されていても、自分について希望をもてるとしての話だが。

われらを支配する仮借なき女神、ラダマンテュス[46]、メガラ[47]、そして地獄の裁判官[48]に、ここで宣告された戦いの保証を与えたのだ。ここで今私がそそのかし、ほかの門(49)の外へオリーヴ（平和）の木を運ぶことの。だから、ハデスと戯れたり、あるいは愚弄したりすることはできないのだ。でも、生きている人間はまだここには姿を現わさないでいる。よし、私は心地よい気分で立ち去るとするか。

陽気に退出。

神官のラオコンとその二人の息子〔生贄を供えにやって来る〕。

ポリュクラテス

ラオコン　息子たちよ、よそで父親の私の声に聞き耳を立てていて、しかも一緒に服従するつもりなら、今こそ前にもましてお聴きなさい。そして、これから言うことを素早く俊敏に実行しなさい。というのも、私たちを殺したり、押し潰したりして、私たちみんなの生命《いのち》が怖がる事態になっているのだからね。だから、このことに大いに気を配る必要があるのだ。目にしたあの恐ろしい馬の怪物は、トロイアにとって脅威だし、私たちには最期の夕べなのだ。私は誰も自分の損害に気をとめないことが分かっているものだから、慎しく、偉大なる父ポセイドンに（私が死ぬ前に）一番上等の白い雄牛を捧げるつもりだ。その頭《かしら》をお前たちは器の中に取り出しながら、恭しい声と然るべき祈禱を捧げなさい。

だが、お前たちは金や銀のことは無視して、今日は私と一緒に聖なる神に信心深いお祈りの言葉を表しなさい。私たちの上にある罰を嘆いたり、泣いたりすることは私たちに至極当然なことなのだから。お前らもはっきり知っているように、神は二人一組の祈禱には傾聴なさるものなのだよ。

ほら、聖なる祭壇だ、とても貴重なものだよ。二人ともお辞儀を出し惜しみしないで、胸でも心でも各自がきちんと額《ぬか》づくように。

その間、私はこれら泥んこの雑草を引き抜き、美しき祭壇を珊瑚《さんご》で飾るとしよう。また、美しい色とりどりの貝殻で取り囲もう。また、海水で濡れたかつての櫂《かい》で火をつくり、大きな鯨(50)の堅い角と鉄器で聖火を今や外へ取り出すとしよう。

祈禱

ラオコンの長男　冷たい水の聖なる神よ、どうか僕たちの声をお聴きください、速やかにお祈り致しますほどに。汝の美しきテュロス(51)をうっとりといつまでも楽しんでおられるからには、今ある不幸を取り除いてくだされ。汝は善神であられ、情けを疎んじられることはありません。むしろ情け心は汝が生誕されると同時に生まれたのですから。

ラオコン　ほらこのとおり、私はこの飾りのついた、白い薄布を喜んで着ております。そして、この左足は、眠っているところを襲われた、生まれたばかりの双子の海豹《アザラシ》の毛皮で飾っております。

私が汝にお気に入りの海岸で摑まえたのでした。そして、黄金色の美しい髪の毛をしたハリエ(52)から私が取った海の花で右足は飾って、覆い隠しております。そして、大洋の海水がもっとも澄んでいるときの、この海の色をした薄布を、私の腰に巻いています。片腕、そしてもう片腕には、水草の紐を巻き付け、また頭髪の上には、その美名にふさわしい高い冠を私は巡らせています。それは東方のエピルスで、最高位の神官イッサントスの手で作られたものです。彼には私は詩歌で勝ち、彼を苦しめたのでした。

ラオコンの長男　おお、冷たき水の聖なる神よ、われらが素早く撒き散らすこれらの声を聴こしめられよ。汝の美わしきテュロスを優しくいつまでも楽しみたまえ。また、現在の悪を和らげられよ。汝は神にあらせられ、慈悲は御身に不快にはまさず、むしろそれは汝が生誕のときより、哀れみ深く生まれ出たものなのですから。

ラオコン　私がこの務めに専念している間は、わが身を曝します。汝の低い回廊から、どうか私の声、汝への新たなる賛辞に張り上げたこの声を好意をもってお聴きください。おお、ゼウスの兄弟よ、おお、クロノスのありがたき息子よ、汝の睫毛《まつげ》、汝の喜ばしき顔をいやがらずに高く持ち上げたまえ。汝はテナロスでその秀でた権杖を握っておられます——また、オンケストス(53)でも、そここでも。そしてまた、聖なるトロイゼンでは、いつでも汝に祭壇が高く設《しつら》えられております。汝は崇高、殷懃《いんぎん》な海の神々にはっきりと知られています。そして、テテュスとオケアノスの夫婦が、汝ポセイドンに人間らしい効果を発揮させ、グラウコス(54)、ウェルトゥムヌス(55)、プロテウス、パライモン(56)は、王冠を織っています。また、フォルバス(57)、メリケルテスは汝に水の宝の奉納物を捧げています。カストルとポリュデウケスには光を与えることが決してお嫌いではなかった。また、アンフィトリテ(58)とドリス(59)は汝の美しき馬車の周りに花を撒き散らしました。私が語ること、私が切望しお願いすることに、どうか汝の哀れみ深い長所をお示しあれ。また、汝の造られし都市《まち》に対して、残酷な運命の障害物を減らしたまえ。また、見るからに厳めしい、この高くて尊大な機械（木馬）がわれらの害になるように、あるいはわれらを欺くために置かれてあるのでしたら、どうか地面に倒れさせ、この海岸で今その結果が見られるようにしてくださいませ。息子たちのために、どうかお願いをお聞き入れくださいさい。

上記の祈禱が繰り返される。

ラオコン、続ける

私が胸から汝に深い溜息《ため》を表わす限り、心を見詰め、声を感じてくださらんことを。私がサビナビャクシンのさわやかな香りをさっとふり撒くのも、私の敬虔で謝恩のしるしが汝に気づかれんがためなのです。私は最強の雄牛を殺しました。汝の火にこの最上の頭《かしら》を差し出し、汝のために焼きます。涙があるかも知れぬところに、笑いが起きますように。

ラオコン　愛する息子たちよ、私は聖なる灰を壺の中に集めてある。さあ、一番近い川に行き、一番輝く、清い水を少しばかり持って来なさい。ポセイドンの祭壇の神像の前で、（いつもの私のやり方で）埃を一掃するためだ。そこにはずいぶん埃がたまっているからね。

二人の息子が近くの川へ出向く間、ラオコンはもう一度祈禱する。

トロイアのポリュクラテス、海の蛇を見て逃亡する

ラオコン　どこで私は安全な場所を見つけられるだろうか？　テネドスで見た、あの身の毛のよだつ野獣——静かな波の中でからまりながら回転している——から身を隠せる場所を。奴らは開いた、狂暴な口から火を吹きつけながら、われらの海岸にひどく喉を渇かせて、駆けつけて来るようじゃ。身を救うため、あの高い丘の上に行くとしよう。

ラオコンは祈禱を繰り返す。蛇に襲撃された息子たちの声が聞こえる。

ラオコンの長男　ねえ、お父さん、どうして助けてくれないの？

ラオコンの次男　お父さん、僕たちの窮地を助けて。

ラオコン　おや、こちらに悲鳴が聞こえるぞ。

長男「お父さん、助けて！」次男「お父さん、助けて！」

ラオコン　ようし、息子たち、お前らの悲鳴のするほうに今行くよ。

ラオコン、息子たちの声のするほうに駆けつける。蛇に巻き付かれているのを発見して、叫び声を上げる。

ああ、可愛い息子らよ、何というむごい光景だ。いったいどういう不幸、どういう不運でお前らはそんな辛い状態に陥ったのだい？　前代未聞のこれほどの苛酷な危険がどこから振りかかったのだい？

ゼウスもわれら人類の行為をすでに見聞しておられる。神々の忠実な使者たちは、これほどの重い苦しみを受けるべきではない。

ここの海岸のどこにこんな蛇が見られようぞ。おお、無辜の息子たちよ、私もお前たちとともに死にたいよ。私の息子たち、愛しい息子たちよ、ああ、悲しかな、私も一緒に死のう。もういかなる哀れみも、誰にもかけられていないのだから。哀れみは消え失せて、天上の霊魂たちには残忍さしか残ってはいないのだから。

ここでラオコンと息子たちは蛇によって絞め殺されて死ぬ。

女王ヘカベ
ヘカベの娘カッサンドラ
アイネイアス
パリス
コロイボス

プリアモスの館を出て、ギリシャ人たちに占領された場所を見に行く。

ヘカベ　不誠実な敵どものあらゆる恐怖も（神のご加護で）止み、ここらの場所を危険もなしに見物できるのだから、私たちのこの上ない喜びを倍加するためにも、（ねえ、アイネイアス）大天幕やテントのないここらへんや、透んだ甘い記憶がまだ鮮やかなシモイス川の流れに赴きましょうよ。楽しみに興じたり、微風を受けたりしに。でもおっしゃいな、（思い出すと涙が湧いてくるのだけれど）私の好きなヘクトルの戦さはここだったの？　彼の勇敢な偉業はどこで行われたの？　かくも大胆不敵な勇士、彼はかの暴君(60)から最後の止めを受けましたが、彼はその強い右手であり余る英雄たちを殺したものだから、たとえ死んでも彼への恐怖を敵の部隊に今なお与え続けているのです。

アイネイアス　女王陛下、ヘクトルの卓抜した偉業はひどく有名ですから、無敵の彼の名だたるラッパは永久に鳴り響いているのです。彼は戦って死んだとしても、死んだとは見なされていません。こういう死に方をした人は、永久に生きているのです。

そのため、アキレウスは名誉ある墓でこの故人を飾ろうと欲しました。時をもってしても死をもってしても、名声、彼の聖なるものたる栄光をまったく奪わせることができないからです。彼はアキレウスとの輝かしい戦いで死にました。その後、アキレウスは恥辱にまみれてその朝、パリスによって殺されました。ポリュクセネへの恋の苦しみで射すくめられたまま、彼は神殿のところに死んで横たわったのですから。

シゲイオンのあの岬をご覧ください、アキレウスの墓があります。彼はあの谷の末端でヘクトルと戦いました。そこで、彼の駿馬たちは流離《さすら》い出したのです。大天幕はそこに高く設《しつら》えられていました。この小さな狭い道の近くで、トラキア王レソスは自らの戦士たちとともに、友人プリアモスの黄金の天幕を張りました。ところが不運にも、レソスは夜の偵察を続けるために到着してほどなく、オデュッセウスによってちょうどそのとき殺されたのです。それというのも、敵の意図と結託したトロイアのドロンを信用したからです。とはいえ、ドロンの欺瞞は遮られてしまったのですが。ここの近くで、ディオメデスとオデュッセウスによって殺されて彼は横たわったからです（自分のあくどい行為のせいで）。一方、われわれはひどく喜んだ民衆とともに、彼を信用していました。彼としては、天幕とか、どこかの荒野を求めて彷徨《さまよ》うことに同意するのを厭わなかったのです。アキレウスの駿馬たちを得られるとの約束の下、彼らの罠や欺瞞を見破るために――われわれが勝利者であることを望んでいるときに――彼は逆のことをやり、むしろ、いろいろの問題や、われわれの穏やかな作業を見破ることに楽しみを感じていたのです。

ヘカベ　憶えていますよ。私たちが幸せな結末を探している間に、レソスの残酷な死が生じたのでしたね。そして、彼の白馬たちも、大きな馬車も、かつては勝利に酔いしれていたのに、盗まれてしまったのです。

パリス　しばしば策略を用いなくてはならないのです。ですから、僕がこれから語ることにあなた方は耳を傾けてください。僕は短期間で大変な名誉を獲得したのですから。僕には分かっていたのです――母親テティスが息子アキレウスをステュクス（冥界の川）の水に浸して、どんな傷からも無事で居れるようにしたことを。しかし、この母親はほかの秘密も知っていました――彼女が急いで、大胆にも幼児を取り上げようとした部分、両足の後ろのところだけは、重大な衝撃を加えうるということを。そして、彼の心が僕の妹をひどく欲していることを神殿で気づいていたのです。妹は神殿に出かけて、興奮しながら、神々のあらゆる怒りを鎮めるのを常としていました。そして、祭壇の後ろから僕は待っていましたとばかり、思いきって鋭い矢を例の部分に投げつけたのです。すると、彼は僕の目の前で倒れて死んでしまったのです。

ヘカベ　で、あの狡猾なオデュッセウスはどこで野営していたのですか？

パリス　あの女たらしは、ひとところに決してじっとしてはおりませんでした。

アイネイアス　アガメムノンもそこに居りました。彼の目の前にメネラオスも滞在したのです。そこでは、敵たちの間でも大きな喧嘩が持ち上がっていました。僕はしばしば果敢な戦いを挑んだのです。

コロイボス　強いヘクトルがいつも輝く兜に羽根飾りをつけてあの平原に現われると、ギリシャ人たちがよく逃亡するのを私は見ました。それから、彼らはアキレウスの馬車そのものにしがみついたのです。そこで、レソスの美しい駿馬たちは（トロイアの飼葉《かいば》を味わったり、クサントス川の澄んだ水を飲んだりする前に）楽々と敵どもの餌食《えじき》になってしまったのです。高くて深いあの谷の下で、剣で立ち向かい、あの不幸な若者トロイロスは逃亡しながら、自分の武器がなくなったのに気づき、アキレウスと戦って、死んで横たわったのです。

カッサンドラ　ああ、勇敢なアキレウスよ、私には理解できぬことながら、彼は気まぐれな武勇を発揮して、傷つけられる恐怖を逸《そ》らし、いつも戦うことを厭わなかったのです。自分が不死身だったものですから。トロイロスの名誉、長所、誇りは、死ぬことを確信した、死の間際にあらわになりました。隠されていた一切のことを、私が予言しなかったでしょうか？　私は彼の死や、あなたの悲嘆をきちんと語らなかったでしょうか？（われらの誇り高き母よ）私は貴女にヘクトルの苦い最期を明かさなかったでしょうか？　あなたたちは信じようとなさらなかった。それから（可哀そうに）残忍なアキレウスは彼の死体を市壁の周囲に三回も引きずり回した、そしてそれを黄金と交換するような吝嗇《りんしょく》振りを見せもしなかった。ああ、ヘクトルの苦しみは今も私の記憶に千々に残っているのです。

コロイボス　僕の心は今ではすっかり恐怖を逃がれているよ。

カッサンドラ　いや、今ではかつてないくらい、私の目には苦しみ、破壊、嘆き、心配、死が浮かんできます。

パリス　心に迷いをもつのは女性の常なのです。

カッサンドラ　私の言ったことは間違っていないし、愚かでもないわ。

コロイボス　ここには、私たちに悲しみをもたらすような兆候は全然ありはしない。

カッサンドラ　あなたのことが（ねえ、コロイボス）、あなたのことがとても気がかりなの。

コロイボス　僕のこの胸が、勇敢でなく、自信を持っていないとでも？

カッサンドラ　敵意を含む女神たちは、私たちの損害、私たちの永劫の不幸にしっかりと視線を定めているのです。

アイネイアス　軍隊は悲しみにくれ、疲れはてて出発しました。

カッサンドラ　私が予言した損害は、正真正銘だったのよ。

パリス　最悪のことを考えるのが、貴女の生まれつきなのです。

カッサンドラ　でも、不幸をしばしば予見するのは、賢者のやり方です。ところで言ってちょうだい、あなたたちトロイア人は何を望んでいらっしゃるの？　あなたたちの運命はどこにあるの？　トロイアのパラス神像の御座はどこなの？　オデュッセウス自らディオメデスと一緒に、強欲な手で、夜の静寂《しじま》に盗み出したあれは？　私は監視人たちの死を予告しなかったかしら？　レソスの馬たちはどこなの？　大ラオメドンの美しい墓の古い柱が、今や四散し粉々に壊れた状態になっているとは思わないの？　美しい東雲《しののめ》の曙《エオス》と、ラオメドンの兄弟ティトノスとの息子であるメムノンは、トロイアを助けに勇敢にもやって来て、今や死んでいるのではないですか？　あの頑固なアキレウスが彼をまだ殺さなかったとでも？　また、貴婦人のアマゾネスたちは強い腕や、好意をいつも差し出したでしょうか？

ペンテシレイアはどこに行き、月の形をした盾は今日どこにあるというの？　みんな滅んでしまい、すべて武勇は絶えたのですよ。
彼女らのきれいな裸の胸はもはや見られませんし、ラッパの音を響かす堂々たる戦士も見られません。黄金の軟らかな帯を、すらりとしたむき出しの乳房の下に締め付けて、処女たちはさながら武装した男たちのように、作戦行動を行ってきたというのに。

ヘカベ　敵の部隊はもう立ち去ってしまい、トロイアは軍隊と武器で囲まれています。神々の哀れみも少ないようには見えません。私は神々に希望しているのです――私たちに害を与えるためにもはや無情な姿を見せたり示したりはなさるまい、と。
他方、ギリシャ人たちははっきりとトロイア人たちの力量を見たのです――もうトロイア人たちがすべてに疲れはて弱くなっており、十年も経ち、うんざりしているのを。
アキレウスは亡くなっているし、東方のすべての王たちに、軍隊と船をもって救助してくれるようにと新たに願い出たけれど、何の役にも立たなかったのです。

アイネイアス　アポロンのギリシャ人神官クリュセスが囚われの身になっていて、ある日アジアの王たちの船の数や、厳めしい振舞いを説き明かし、気づかせてくれたのを、私も記憶に留めています。

ヘカベ　その王たちとは誰だったのです？　厭でなければ教えてくださいな。

アイネイアス　ミュケナイ王アガメムノンは百隻の船をアウリスに動かしました。それから、六十隻を大喜びでアガペノルに引率させました。ネストルには九十隻を航行させるように言いつけました。アテナイのメネステウスには五十隻を言いつけました。アルゴスからは、メネラオスが六十隻を引率しました。エレフェノルはエウボイア島から三十隻を、テラモンの〔息子〕アイアスはサラミスから、しっかりした護衛と信頼できる隊長を従えて、四十隻を引率し、またオイレウス〔の息子〕アイアスは十二隻を率いました。

パリス　アスカラフォスが三十隻を率いて、そこに出陣したことも聞いています。ボイオティアの王たちは立派な船を五十隻提供したことも。スケディオスと兄弟は四十隻を与えてくれました。エリスの王はほかに同数の秀いでた船を僕に送り出してくれました。アイトリアのタルピオスはディオレスと一緒に、同じことを気前よくやってくれました。同じく、クレタのイドメネウスはキュクラデス諸島から四十隻を送ってくれました。

アイネイアス　オデュッセウスは十二隻を、またあの大プロテウス[61]は四十隻を派遣しました。トレポレモスは武器と軍隊を積んだ八隻を送りました。シモスとニレウスは三隻、エウメロスは近くの沼で十一隻を提供しました。

パリス　ペラスゴイ人たちは五十隻を。フュラカイのポダルケスも同じ数を、また、マカオンは三十隻を提供しました。オルミニオンのエウリュピュロスも四十隻を、グネウスはこの通路に二十隻を用意しました。

アイネイアス　メトネのフィロクテテスは七隻を率いましたし、レオンテウスとしても四十隻以下では参加しようとはしませんでした。エペイロスおよびカプリアイ島からは三十隻がやって来ました。テルサンドロスはテバイからやはり五十隻をそこへ送りました。またそれから、アルカディアの王は二十隻をモプソスの同数の船と連合して派遣しました。そして、そのときキュクラデス諸島は三十隻を提供しましたから、数は千二百を越えたのです。

パリス　ほかの驚くべきことを語れば語るほど、プリアモスはますます得意満面となりますから、こういう驚異も、僕たちの無敵の人の眉毛を動かすのには十分ではなかったのです。でも、ここの女性たちを少し休ませに行くとしましょう。

宮殿のほうへ出向く。

ポリュクラテス
プリアモス
アイネイアス
パントゥス

ポリュクラテス　おお、悪しき驚異よ、おお、世にも稀なる、奇妙かつ残酷な出来事よ、無慈悲な災難よ、並外れて、苛酷かつ不潔なる、悪しき前兆よ。こんなことは大いなる秘密なしには起こるまい。こんなことはプリアモスの頭を狂わし、民衆を怒らせずにはすむまい。

聖なるポセイドンよ、汝があのときその忠実な神官[62]に援助を差しのべることができたのも、彼が
汝のために感謝の祈禱を唱えたればこそ。
だが、理由もなしに、汝が彼らに最期の時を許したのではなかった。あの秘密の業《わざ》はわれらから
消え失せてしまい、逆に御身ら神々の胸にのみ保たれたのだ。しかし、私はわれらが王にこうい
うすべてのことを明示しなくてはならない、優れて稀な驚異の業《わざ》をもって。
ほら、そこにラッパの伴奏つきで、王がやって来る。その顔つきは楽しげで、優しく、温かだ。
彼の娘の新たな喜びのゆえ。

プリアモス　余の妃が余の娘カッサンドラのありがたき婚礼のせいで、すっかり満足してやって来る。
余も等しく最高の栄誉を覚えるわい。
コロイボスはミュグドン王の高貴で奥深い血を引いている。この王の立派な功績に余はひどく刺激されたものだから、以前から、彼と姻戚関係になりたいという欲求が生じていたのだ。だが、年月が経ち、絶えざる戦争から、余はその後、かかる素晴らしい考えをなくしてしまっていたのだ。

アイネイアス　コロイボスはギリシャ軍には重い障害でしたし、多くの者をここで地下に葬りましたし、彼は高貴な騎士として振る舞っています。

パントゥス　父はミュグドニアの肥沃な土地や、たくさんの金を所有し、無敵の勇敢な軍隊を支配しております。ですから、この新たな婚礼を私は全面的に賛美するものです。
ですが、ポリュクラテスがやって来ます。彼は胸に何かひどい苦しみをこらえているようです。

ポリュクラテス　陛下、お願いします。どうか新たな悪い虫の知らせを少し拝聴くださいまし。（恐怖や、不安やで、心を振るい立たせられ、御前でこんなことを申し上げることができるのですが。）

プリアモス　続けなさい、どうしてためらうのだ、どうしてそんなに息急《せ》き切っているのだ？

ポリュクラテス　あそこの海岸から今、私は近くの切り立った山へ逃げて来ました。二匹の不敵な竜の怒りをやむなく防止するために。竜どもはテネドスの静かな波から浮かび上がり（こう言うだけでも私は身が震えます）、海を通って、真っ直ぐここへ走って来たのです（まるで羽根でもついているかのように）。波間から彼らの頭の古い突起物を出しながら、澄んだ波に胸を傲然と迫《せ》り出しましたが、それから、波はどす黒い血で染まったように見えました。そして、ぐるぐる回りながら、泡立つ海や、海岸を響かせていました。血の炎や恐ろしい火を吹き出す目を燃え立たせ、ほかの者を埋葬しようと終始欲しつつ、自らの自在な舌を振動させながら、有毒な唇をなめて回転していたのです。

私は新しい眺めを目の糧としてギリシャ人の血でいっぱいのその流域で、朱色や暗紫色の恐ろしくも悲しい突起物を頭部にもつ、これらの猛獣たちを阻止しました。でも、それから（悲しいことに）不快な結果が続いたのです。その間、ラオコン（神官）は愛する二人の息子と一緒に、大ポセイドンに生贄を捧げ、そして胸から恭しく、そのときに敬虔な然るべき祈禱を捧げることにしたのです。すると、これら残酷な蛇たちは一匹ずつ猛然と愛する息子らに駆け寄りました。二人は父親の命令に従って、儀式に必要だったので、近くの川に水汲みに出かけていたのでした。そこで蛇に嚙まれて傷つきながら、彼らは父親に向かって叫んだのです、「助けて！」と。父親はポセイドン大神に心を集中していたのですが、ただちに息子たちのほうへ駆けつけました。そして、彼が彼らからとぐろ巻きをほどこうとしている間にも、一匹は彼らの軟らかな四肢に食らいつき、えいやっとばかり、彼は（束のように）巻きついていた二巻きを自分の腹から取り去ろうとして、大声で叫び始めるのでした、「おお、神々よ、汝らへ信仰が保たれていれば、どうかお哀れみあれ」と。そして、（さながら雄牛のように）天に恐ろしい叫びを繰り広げ、（聖なる祭壇の下で負傷したまま逃亡するときのように）咆哮すると、とうとう二重のとぐろ巻きで縛られ、二重の苦痛を感じるのでした。こうして、苦い日々はすべて終わり、邪悪な蛇どもはトリトン[63]の高い岩山へ去ってしまいました。私はこちらへびっくり仰天して逃げて来たのです、自分が救われるかどうかの確信もなしに。

プリアモス　そちの口から世にも奇異な出来事を聞くと、余の頭髪は持ち上がり、戦慄させられる。

アイネイアス　これはびっくり仰天させるほどひどい事件ですね。

パントゥス　プリアモスさま、過ちが重大であればあるほど、心は善良で満たすようになさいませ。私どもは世の中の手本であるとはいえ、神命の使者なのですから、水晶のように純粋で、光り輝いていなければなりません。私どもは神のお近くであらゆる善意に満ちた振る舞いをしなくてはなりません。

見てのようにラオコンはこの上もない過ちを屈従しながら償ったのでして、アテナに捧げられたあの大馬を、不当にも剣で叩いたのです。

そこで、かの女神はそれぞれの男に死刑の判決を下したのです――この贈り物を愛し、かつ敬うべし、と。ですから、彼が死んだとしても、狼狽なさらないでくださいませ。

アイネイアス　私も憶えています、シモンが私たちに予言したことを。あの馬があの女神のためにこの中に置かれるとしたら、また、各人が賢明にもそれを引っ張り込んだとしたら、アガメムノンもオデュッセウスも私たちへの貢納者となるであろう、との。ですから、このことは大真面目に考える必要があるのです。

プリアモス　それじゃ、もうためらうには及ばぬぞ、忠誠なトロイア人たちよ。高い門を壊して、さあ、そちらはそのとおりの仕事をするのじゃ。そして、開いた門から、そちらの手みずから、あの馬を入れなさい。

パントゥス　おお、王さま、かかる贈り物が捧げられるべき女神は処女なのですから、処女の乙女たちを中に引き入れるべきです。そして、オリーヴ（彼女らにとっての聖なる葉っぱ）の環飾りをも。

プリアモス　それじゃ、直ちに、そのように続行したまえ、そして、馬を余の都の中心に置いておくれ。

こう考えながら、一同、退出。

カッサンドラ
コロイボス　｝新婚の夫婦

カッサンドラ　私の魂、コロイボス。もしも恋の燃える炎はどの恋人をも優しくすると言われていることが真実であるのなら、愛されし者がいささかも辛いことを味わないでいて欲しいわ。私はあなたの燃え立つ美に包まれ、あなたに嫉妬している、至高の天からどんな破滅がくだるものやらと怖れているのです。あなたの愛らしい顔つきと、あなたの目が私の目にとまったあの日以来、ただちに私を鋭い矢が氷から火に変えたのです。そして今日まで、あなたはこの影響を見ていらっしゃらないけれど、あなたにお仕えするという私の考えはいつも欠けたことがなかったのです。私はありがたい夫、自分の主人、旦那様として心からあなたを受け入れてきましたし、愛と貞潔はいつも私たちの間で戦ってきました。あなたの輝かしい家系、この地上に存在して以来のあなたの出生を、私は存じていましたし、あなたの美しい素行や、崇高なお仕事、超人的なお姿、高貴な運命、たぐい稀な天分を私は拝見してきました。ですから、ミュグドン(64)の高貴な人びとは誇り高くなっておられるし、永劫の栄光が積み重なっており、あなたの王国は無類なものです。でも、（あなた）私は怖いのです。〔結婚した〕今日が私たちの間の最初で最後の一日となりはしまいかと。私自身のことなら、苦い死をも厭いはしませんが、あなたのこととなると、（ねえ、あなた）執着心だけが残るのです。
ですが、お願いします――私がいかほどあなたに感謝しておりましょうとも、また私が愛《いと》しいことをあなたがどれほどお示しになろうとも、太陽が沈む前のこの時点に、ここからあなたの祖国へお発ちになってくださいい、あなたの戦士すべてを引き連れて。

コロイボス　おお、わが心の唯一の炎よ、おお、この目の明かりよ、おお、わが魂の強き希望よ、おお、わが明かるきオリエントよ。どうしてそなたはふたりのあらゆる喜びを掻き乱すのかい？どうしてすべての楽しみを忘れて、悪しき前触れの、邪まな驚異に曝してしまうのだい？第一、そなたの寛容な胸を掻き乱すのは、そなたにふさわしくないし、私はそなたの夫だというのに、私の行いにはそなたは何も望んでいないようだね。だって、そなたが言うような、それほどに悪い徴《しるし》は私には見えないし、むしろ、物事は落ち着いているし、敵どもは立ち去ったし、プリアモスは陽気だし、私たちは優しい運命に導かれているじゃないか。ここの人びとは静かで、幸せだし、見たところ、少しも陰気でも悩んでいないようだ。だから愛の歌を歌おうよ（最愛のひとよ）、誇らしき祝婚歌、私らの目に映り、私らの耳に感じられる鮮やかな光の歌を。そうさ、こういうことについて話すべきなんだよ。そなたの目に描かれているのは、私の姿であり、同じく私のうちにはそなたの美しい顔が映っているのだからね。そして、そなたの頭は私のことしか考えていないし、同じく私がいつも望んでいるのは、そなたの甘い声を聞くことなのだから、さあ、今存在しない不幸を脇にどけておきたまえ。愛の響きを陽気に振り注ぐことによってね。空しい懸念で私は苦しみ悩まされているのだから。

二人は一緒に宮殿の間へと出かける。

第四幕

音楽が奏でられている間に、壁が破られ、トロイアの少女たちが歌いながら、木馬を引っ張る。

トロイアの女たちの合唱隊《コロス》
神官パントゥス

歌

コロス 至高のアテナよ、われらはいつ何時でも競って歌わん、汝の卓絶せる勇気を。情け深き光線を浴びせるのをいささかなりとも惜しんだりしないで頂きたい。
われらは兜《かぶと》も盾も火にくべよう、そして、木蔦《きづた》や橄欖《オリーヴ》の木の生えた場所で、われらの金髪をいつも飾っておこう、――汝の美名を称えて。
ゼウスの気高き娘、清純なる処女よ、われらは喜んで汝へ新たな賛辞を弘布しよう、(涙もなく)静かな状態に居れる限りは。

パントゥス 神々に親しんでおられる純朴な婦人たちよ、貴女たちの祈禱がどれほど清くあろうとも、今は中断したまえ。もう木馬は然るべき所に引き入れられているし、われらに敵対する軍勢もわれらの餌食となろうから。ギリシャ人どもや、彼らの運命は血と火に曝されるでしょう。貴女たちは館に喜んで帰ってください、そして、無敵のパラスには貴女たちの表敬の声を絶ゆることなく発し続けたまえ。そうすれば首尾は静けさの中で幸せなものとなりましょう。私とても同じく、この道中で私の慎しい願いに耳を貸してもらえるように望んでいます。

女性たちは同じ歌を歌いつつ、帰って行く。

パントゥス　ほら、このとおり敵の部隊も居ないことだし、天上の神々に楽しく生贄を捧げるとしよう、敬虔で、相応しい、正当なものを。不穏で暗鬱な恐怖もなしに。生贄の祭壇では祈禱がなされればよいのだ。

賢明なるアテナよ、われらは悩み多けれど、汝に期待しているのです。左手にはメドゥサの恐るべき生首を、もう片手には重き槍を持っている汝、大理石にて蒼白き姿で人びとに対している汝に。どうかわれらに慈悲を垂れたまえ、われらに汝の恩寵を注ぎたまえ。なにしろ民衆はただ恭順のみを身にまとって、汝にかしずくのですから。リュクルゴスと紅海の支配者なる、ありがたきディオニュソスよ、われらを助けたまえ。汝はその槍の凶暴な先端を愛用の〔ディオニュソスの〕緑の杖(65)の下に覆っておられますゆえ。聖き双子の神々(66)よ。われらの伝令として、いつも素早くわれらを哀れんでこられたフォイボス〔アポロン〕よ。

パリス〔独白〕

今や戦争と、窮乏の時だ（われらを掻き乱し、トロイアを追放状態にしてしまった）。われらが祖国に楽しい平和を取り返せ、そしてまた、われらにのんびりと安楽を味わわせよ。

ほらこのとおり、大天幕やテントは取り払われた。そしてヘレネは安心して（メネラオスにはひどい侮辱だが）私と一緒に横たわっている。ゼウスの娘[67]は私と結婚しているのだ。私を抱き締めよ、そして、世界が保持するもっとも美しい女神を抱擁せよ。私は彼女と一つの床で楽しんでいる。もう恐怖に駆られることはない。ギリシャ人たちに対して汚名を晴らす仕事はなお残っているのだが。彼らは逃亡してしまい、永劫の恥辱をこうむっている。

また、コロイボスが愉快な夜をもてたなら、いつも私と同じように笑うことだろう。私はもう決して次の日の夜明けを欲しまい。決して日が昇って欲しくはないし、逆に冷たいキムメリオイ族[68]のこの上なく暗い洞窟に隠れてもらいたい。そして、もう空が光で白《しら》まないことを望みたい。そうなれば、われらの楽しみは永遠に続くだろう。そして、私は私のヘレネの上でずっと過ごせよう。ずっとヘレネの口づけを感じておれよう。私の内なる欲求、それはいつも彼女の天の流儀で私を映し出すこと、彼女といつも談論すること、彼女をいつも締めつけること（ちょうど木蔦《きづた》がオークの木に対するように）、そして彼女の胸の中で甘く死ぬこと。これを甘い死と呼び、あるいはむしろ甘美な生命と呼んでもよい。

おお、彼女のしとやかな顔つきは女性たちの間でどれほど憧れさせることか。おお、私のうちにこれ以上際限もなく、どれほど炎を強く増大させることか。

シノン〔独白〕

オレステスは生きたまま地獄に赴き、ニンフたちの近くに居たし、また同じくオルフェウスは自分の妻をそこから外界へ救い出したし、ヘラクレスは恐るべき市門を打ち破ったし、エトナ山は残忍な巨人を打ち破った。でも、醜いケルベロスは自分と一緒に捕虜を連れて行き、韃靼《タタール》人流に剝ぎ取った。また、彼らは名誉の頂点に登りつめたのだが、私は彼らよりも名誉では数等上なのだ。なにしろ、死すべき運命にありながら、ほかの人びとにはこの世とは別と見えるような、辛い場合にわが身を曝してきたのだから。

私は超人的な事柄でも、自信をもって、行動しているし、また、アジア、ギリシャ――むしろギリシャ本土――に残されている偉大さの限り、ギリシャの権力、ギリシャの諸王、皇帝もこの鍵の下に取っておかれねばならない。そして、彼らの自由、生命、木馬の重い腹の中に閉じ込められた名誉とても、ただ私の力の中でのみ許されているのだ。

だが、栄誉ある夜よ、われらの欲求に幸ある終わりを与える準備をしておくれ。私の甘い期待と戦略がみなの願いに成果を生むようにとの欲求に。各自は市中にすでに引き入れられている馬の中に自分の姿を見ているだけで、閉ざされし中庭での、隠された欺瞞や邪悪な策略は知られていない。

プリアモスは陽気になっており、同じくみんなも突然の襲撃を恐れてはいない。彼らは私の偽りの言葉を信用したし、各人が私の機嫌を取ってくれている。彼らはもう（魚が釣り針にかかるように）操られてしまったのだ。さあ、今は山の高い場所、そそり立った部分に、私はたった独りで行くとしよう——そこでじっと凝らしている間諜《スパイ》に私の約束した合図を送るために。そうすれば、テネドスからの船が、ちょうど時間に合わせてここに到着するであろう——将来に起こるべき憤りを少しも疑わずに。夜の静寂《しじま》の中でこの上なく甘い夢に耽っていると、ちょうどそのときにここへそれぞれの船がやって来よう。サミア女王(69)よ、注意して私の願い——かくも疑わしき運命への願い——を聴こし召したまえ。

彼は合図を送るために立ち去る。

この間、プリアモスの宮殿内ではさまざまな物音が聞こえる。カッサンドラの婚礼の陽気な状態を示すための演出。

ポリュクラテス〔独白〕——婚礼と晩餐の盛大さを物語る

ペレウスだって、テティスの婚礼でこれほど豪奢な晩餐を神々に催したりはしなかった。また、強力なキュロスは黄金だらけの館《やかた》で行った例年のいずれの食卓でも、カッサンドラの婚礼、陽気なあの日の盛大さ、飾り立てたあの素晴らしい晩餐に比べられはしまい。

コロイボスは彼女の美しさに目を凝らしたり、行ったり来たり、出たり戻ったりする、あれこれの新郎に目をやったりで落ち着かない。紳士淑女たちは、もらってうれしい、豪華な贈り物を競って持参する。

ほうぼうの都市、田舎から、羊飼いたち、ニンフたち、サテュロスたちが幾千もの蝋引きの風笛《バグパイプ》の響きとともに、長い道中、陽気に駆けつけて、愛人たちの美しい首から、花々や花飾りのうれしい贈り物を差し出す。あるものは山羊、あるものは子牛、あるものは混じり気のない乳を。いずこでも祝婚歌のきれいな歌声が聞こえ、周囲には甘いハーモニーが拡がる。一方、愛神は新郎新婦に欲望を懸命に駆き立てている。

プリアモスは（勝ち誇った）高座に前にもまして鎮座しており、息子たち、娘たち、娘婿たち、嫁たち、孫たちは、彼に敬意、信義、名誉を表している。

愛神エロスの優れた離れわざを語る者、アフロディテが彼に許した願いを語る者、白鳥に姿を変えたゼウスを語る者、雄羊に姿を変えたゼウス、雄牛に姿を変えたゼウス、黄金の雨、鷲、火に姿を変えたゼウスを語る者、黒カラスに姿を変えた気高く、上品なアポロンを語る者、雌山羊に姿を変えたディオニュソスを語る者、さらには月桂樹に姿を変えたニンフのダフネを語る者、炎に姿を変えたアルテミスを語る者がいる。ほかには、聖なるパンをからかって、愛しきシュリンクス(70)との燃える愛を歌う者がおり、他の者は、ヘルメスがゼウスの命令により、ひとりイオのためだけにアルゴスに与えた死(71)や、その目が運命により孔雀の尾に変えられてしまった(72)話を物語っている。強き神(73)とのアフロディテの愛を語る者、ヘファイストスの網を語る者、アドニスの（アフロディテによる〕抱擁や甘い視線を語る者もいる。
至高のゼウスよ、上天の宮殿から、われらの仕事に気づきたまえ。不滅のヘラよ、われらを助けにしばしば遅れて来られたが、どうかわれらの楽しみと喜びを維持したまえ。

ポリュクラテス退場。プリアモスの館では婚礼のための合唱隊《コロス》の歌声が引き続き響いている。

アイネイアス、パントゥス

パントゥス　パントゥス、憶えているか、カッサンドラが僕たちの大きな損害をよく予言したのを。
パントゥス　アポロンは彼女に予言を許可したけれど、でもそれを信ずることは禁じられたし、許されなかったんだ。
アイネイアス　彼女は今日がトロイアの終わりだと言っている。
パントゥス　しかも今日、彼女は母親と一緒に、捕らえられるだろう、とね。
アイネイアス　彼女は言っている、プリアモスの頭は今日切られてしまうだろうって。
パントゥス　そして、彼と一緒に息子たちも死ぬ、って。
アイネイアス　ヘレネは（カッサンドラが言うには）喜んでアルゴスへ戻ってくるのが見れるだろう、って。
パントゥス　そして、木の幹に吊るされるだろう、って。

アイネイアス　アガメムノンの最期の時間のことも語っている、かっとなったクリュタイムネストラによって殺されるだろうって。彼女を楽しむアイギストスの恐れだけで。（こんなに忠実な夫に非道い仕打ちをしたものだ。）

パントゥス　コロイボスは勧めている、彼女にミダスの元に戻るように、って。

アイネイアス　要するに、あらゆる欺瞞も有害な恐れもなくなり、絶えたのを見なかったとしたら、きっと僕は彼女を信頼できる予言者と呼ぶであろう。

でも、すべてのことが鎮まり、攻囲も解かれ、船も立ち去ったし、ここの付近には敵の痕跡も見られないから、僕はこうして静かで楽しい時間を過ごしているのだ。

でも、星辰が僕たちに甘い眠りを見せ始めている。夜は友人なのだ。さあ、われらがカッサンドラの幸せな婚礼に加わろう。もう見たところ、われらが市民はすっかり疲労困憊している。

トロイアの女たちの合唱隊《コロス》

夜よ、われらの夜な夜なの最初の夜よ、今日はまさにそうだったが、光の日中よ、今こそ日々の中の一日とならんことを。また、もう一度ありがたき眠りを授けてくれる強い希望とならんことを。

夜よ、われらに注がれし古い苦痛を取り去るのは、汝の愛しき平安のみ。

おお、大地の娘よ、汝の夜のありがたき沈黙の中で、すべての苦痛を和らげておくれ。汝の甘くて、待ち遠しい平安の中で（フォイボス〔アポロン〕が光を海中に沈める間に）静かに影を差し延べ、そっと眠りを差し出しておくれ、そして、新たな希望に満ち満ちた心をも差し出しておくれ。

どうか汝の宝をわれらに差し出しておくれ。こういう夜中には、汝の甘美な眠りの下で、われらは苦痛を取り去りたいと希望しているのですから。汝の慈悲、愛を、おお、いとしきぬばたまの夜よ、われらに授けたまえ。またアポロンよ、お願いだから、より大きな平安のため、しばらくは光を出さないでください。

われらが新婚夫婦は、こういう平安の中で、甘い抱擁をすることでしょう。新たに光が射し込み、徹夜で、苦しい戦闘をすることになろうとは予想もしないで。この夜はただアフロディテだけのものにしておくれ、そして軍神《アレス》は永遠の眠りに襲われるようにしておくれ。

喜びがあふれ、眠りが安らかならんことを。徹夜続きで、今日は平安になれたのだ。夜明けは（そういう夜を引き延ばすため）遅くやってくればよい。そういう希望を満たすため、曙光も、また太陽もわれらの苦痛を取り除くため、いつもの光を差し出すのを怠けているのが分かるだろう。

月は新たな光を孕んで現われるだろう、そして、のどかな時と眠りが授けられるであろう。いかなる恥辱からも苦痛からも引き離されるようにしてくれよう。月がわれらに平静と平安を約束したのだから。われらの胸は愛の希望に満ちているのだ、おお、夜よ、汝が陽気に現われてくれるのではないかと。

だが、夜はもう光を差し延べ始めているから、われらは幸せな眠りの希望を抱きつつ、平安の懐に赴こう、苦痛のことは忘れよう。

シノン、独り登場して或る合図を送る。梯子を抱えている。

おお、危険に満ちた運命よ、ほら今夜はトロイアの最悪の事態をわれらは見れようぞ。どれほどの宝石や紫衣をわれらは獲得することか、おお、忘れ難き夜よ。ほら、みんな眠りに就き、酔っ払ったまま、埋葬されるのだ。誰も見かけないし、人の声も聞こえない。儂の合図で、テネドスからここへ船が一緒に集められ、導かれてきたのだ。各自が武器を尖《とが》らせ、各自が誇り高い敵どもの血を飲もうとじりじりしている。

儂は静かに出陣だ。ほらこの馬はわれらが無敵の王たちをしまい込んでいるのだ。

梯子を使って上るとしよう。騎士たちにうす暗い脇腹を間髪を入れず開けるようにするために。こんな長い牢獄で彼らは苦しめられてきたのだ。儂の忠実な見張りと技術の下に。

シノン、馬の脇腹を開ける。シノン、続ける。

シノン。
ギリシャ人たちの王メネラオス。
ギリシャ軍の総大将アガメムノン。
オデュッセウス。
ピュロス。ギリシャ人たち。

シノン　おお、われらが強き希望よ、至高の英雄たちよ、今こそ汝らの高き願いに実り多き最後を与える時だ。寛大なるアレスは今や汝らを歓迎し、そのあらゆる贈り物を今日授けてくださり、みんなに勇気をいっぱい下さるのだ。さあ、輝く武器を下ろし始めたまえ、そして掘られた腹から下へ降りたまえ。この優しい夜に、幸せな運命に守られて。
この仕事の張本人エペイオス(74)よ、君は何を怖がっているのかい？　このロープで下へ降りなさい。その間にわれらが善良にして幸運なる王は梯子で降りるだろうよ。ギリシャ軍の総大将アガメムノンは後から続くだろう。儂は彼の聖き御足に体をかがめ、恭しい心で接吻しよう。
おお、ピュロス(75)よ、われらの希望の依りどころなる君よ、君の要求することはエニュオ(76)が君に授けてくれる。オデュッセウスよ、儂は君にお辞儀し、抱擁し、接吻しよう。さらに、ステネロス、テルサンドロスにティモクレテスよ、すべて儂には親愛な者たちよ、ほらまたゆっくりと楽しい生活を満喫しようではないか。

この間、ギリシャ人たちはロープや梯子で降りる。シノン、続ける。

シノン　輝かしき王家諸公よ、今や時は苦々しい日々のありがたき最期に至ってしまい、張り合いも言い争いも止んでいます。私どもはご覧のとおり、ここに居ります。貴殿らの命令は遂行されました。船は海岸に碇泊しています。敵たちも、私たちの相手も、恐れもしないで、深い眠りに襲われています。貴殿らに残っているのは、彼らにきっぱりと結着をつけることです。

メネラオス　勇敢なシノンよ、君は信義、強き心をよく守ってくれているから、朕の記憶の頂天にいつも残るであろうぞ。

同胞《はらから》よ、友らよ。朕らは敵の門の内部にいるのだ。今こそ、この危険、災難から脱出したいものだ。この手を初めて、運命の攻撃にさらすとしよう。空虚な議論をするのは無用、武器以外には、鉄と火以外にはだ。ここの連中の血で朕らの手を各自塗ること、遠くにある朕らの名誉を取り戻し、名誉毀損から正当な位置に戻すことだ。

祈　禱

気高きヘラよ、われらがミケーネ、アルゴス、さらにファリスキ族もアラビアのお香を捧げ奉りしゆえ、今こそわれらを幸せにおできになる時点となれり。

高貴なるアテナよ、ネアポリスもアテナイも聖きオリーヴの美しき花を飾り立てしゆえ、汝の力強き助けの手を示したまえ。アフロディテは天の女王ではないし、ゴルゴンの槍も盾も持ってはいないが、貴女より美人はかつて見たことがないし、貴女より強い定めの者はいない。

各人は朕のささやかな説教を聞いておくれ、今やかってないほど勇気を奮い起こしたまえ。その間、アガペノル（船の司令官）が軍勢をここの近くの海岸から連れて来て、二つの門をすばやく制圧するであろう。

ピュロスよ、汝は強くて勇敢なのだから、汝の歩兵隊とともに都市《まち》に赴き、夜のしじまのもと、汝の歩兵たちを散らばらせて、四方八方から、猛火の竜巻きを起こしたまえ。そしてトロイア人たちが門の出入り口に、あるいは通りに現われたなら、残酷なる剣にて全員を皆殺しにしたまえ。オデュッセウスよ、汝はラオメドンの墓で勝利を得たのだから、僅かの明かりとともに行きたまえ、そして、よそよりも汝の部隊とともに大胆に、かつこれまで以上に残酷に、あの高い墓を根こそぎ倒させなさい。また、黄金の円柱を汝自身の手で破壊してしまいなさい。こういう彼らの運命がより不面目になるように、いたるところで炎を放ちたまえ。

戦利品を持ち出すことをしてはいけないし、両手を縛った囚人たちを連れては来ないで、彼らの血で大地を染めなさい。

テルサンドロスは汝の軍団《レギオン》を導くであろうし、射手たちはほんの少し武装して、敵の家の門を開けようと願っている。激しい炎のせいで人びとが出てきても、彼らの逃亡を禁じようと射手たちは欲することであろう。

また、ティモクレテスよ、汝は付近の高い砦《とりで》に、汝の百人隊長たちを導こうと配慮したまえ。一方、強きステネロスはこういう松明《たいまつ》の輝きで、必要な場所に梯子を置くだろう、こういう夜のこうした幸いな影に乗じて。朕はやおら朕に忠誠な同志とともに、プリアモスの大宮殿へ赴くことになろう。

各自に才気と勇気を差し延べたまえ、曙がわれらを露で濡らす前に、われらの苦労に結着をつけよう。

オデュッセウス　過ぎ去りし破滅、長き苦悩、骨折り、忍耐、苦痛、窮乏、失われし名誉、そして、深刻なる重き侮辱や、十年間のアルゴスの死者たちが、今ここにいるギリシャ人たちの眼前にありありと思い浮かべばよい。ほかの悪しき欲望を罰せんがために。思慮高き貴殿らに才気の統《す》べらんことを。貴殿らの蒙りし災難が、未来の楽しき祝賀とならんことを。

この私は貴殿らのご高見に沿うつもりです。そして、あの高い墓がこの右手でこじ開けられるまでは、私は満足することはないでしょう。

ピュロス　武器、火、震え、嘆息、悲嘆、これらを一つずつ目の前にすることになるのだ、不敗のギリシャ人たちよ。

でも、聞こえてくるあの武器、人びとの物音はいったい何なのだろう？

第四幕　終わり

戦闘が始まり、ラッパの音、その他の武具の入り混じった音が聞こえる。船から兵士たちが出てきているらしい。トロイア人の家々に火がつくのが見えだす。炎上が始まる。

第五幕

トロイアのポリュクラテス〔独白〕、都のために叫ぶ

武器だ、武器だ、哀れなトロイア人どもよ、武器を取って下へ駆けつけるのだ。武器だ、武器だ、哀れで不幸な者たちよ、哀れで打ちのめされし者たちよ、武器だ、武器だ、眠りながら葬られし君たちよ。

ギリシャ人どもが君らの都を焼いているのに、それでも君らは眠るのかい？

さあ、目を覚ませ、差し迫っている悲しみに対して、もし間に合えば、君らの屋根を少しずつ焦がしている炎を防止することだ。異国の敵どもが急ぎ足で都を駆け回っている。

勝ち誇ったオデュッセウスがラオメドンの高い墓相手に陽気に馬上競技を仕かけているのに、墓守りたちは大勢の、無数の人間相手に、ぬばたまの闇夜に暗黒の場所で戦うことができずにいる。

武器だ、武器だ、おお、哀れで不幸な者たちよ、殺害されし哀れな者たちよ。

こう叫びつつ立ち去る。さまざまな武具の音、都を思っての号泣、嘆息が聞こえ、トロイア人の家々に

は次々と火が燃え上がる。

トロイア人パリスが戦闘へと駆けつける

パリス　アキレウスがもしや復活したのだろうか？　私は鋭利な矢で奴を殺さなかったのだろうか？　まだすべてのギリシャ人がここから逃げたわけではなかったのか？　さては、こんな恐怖をわれわれにいったい誰が与えているのだ？　こんな悪質なことを、われわれにいったい誰がやらかしているのだ？

私はトロイアに居るのではないのか？　パリスはトロイアには居ないのか？

私がここに居ないとしても、誰かトロイア人にあえて手向かおうといったい誰がするだろうか？

この手で近くからであれ、遠くからであれ、足の裏の土を震わせることができないとでも？

シドンの王とて、（この不敗の右手のおかげで）あのときに殺されて、死んだではないか？

幾千もの剣の間を私はかい潜《くぐ》ったではないか？

たしかに五感は失われながらも、私は危険な罪悪に身を曝す気になったのだろうか？

パラスは、ひょっとしてヘラと一緒に、私に恐怖をもたらすことができたのだろうか？　それとも私の喜びと安心を脅かすことが？　あるいは、美しきアフロディテはありとあらゆる辛い苦悩以外には私を誘わなかったではないか？　また、いつもパラスのおかげで、私は数多の苦労をしながらも、勝利してきたではないか？

いったいこれほど堂々たる力を操っているのは誰なのか？　私の顔を見るだけの、勇気がいったい誰にあろう？　ひょっとして今夜は過酷で険しくなるのかも？　それともひょっとして東方《オリエント》の王たちがすべて、われわれの困ったことには、こちらへ連れてこられたのか？　でも何たる苦しみが聞こえることか。焼き尽くす大火炎が見える。すぐ駆けつけよう。

パリスは戦闘へと出発する。

ピュロス〔独白〕

余を動かすのは、同情か、無慈悲な極悪非道か、はたまた仮借のない残忍行為か？　アキレウスの息子をも恐怖ならきっと狼狽させることができよう。ヘクトルをここでわが父アキレウスは殺したではないか？　ここで、速い馬車の上で、重い睫《まつ》毛の間から、聖き息子の死ぬのを見たではないか？　そして、プリアモスの目の前で、この市壁の周りを死体が回るのを見たではないか？　至福《エリュシオン》の地から下へ行く気持ちをまだ余に授けくれてはいないのに、どうして天上なり、海中なり、地獄なりの血統に加わることがあろうか？
余は不誠実なパリスの仇討ちもしないことになるのか？　虐殺の行われた、あの神殿で、ペレウスの息子(77)をだまし討ちしたあの者を。
この余の心は、他人の血や死への激しい欲望だけで固められているではないか？

それとも、余は死ぬことを重んじるというのか？　無慈悲な王の、年老いた重い血で、血に渇いた剣を余が素早く染ませないうちに。

ここでは掟も余には禁じられているのか、それとも、恥辱に促されることになるのか？

勝利者でも、好きなだけ、振る舞うことは許されないのか？

余は高い櫓に登ろう。たった独り、誇りに染まり、怒り、憤り、復讐を帯して。


戦闘が激化する。

ポリュクラテス
パントゥス
トロイア人たち

ポリュクラテス　ああ、もう後悔しても遅い、何にもならぬ。パントゥス、お前は馬が都の中に入れられることに同意すべきでなかったのだよ。
パントゥス　だって、これが過ちだということを、誰が信じたでしょうか？
ポリュクラテス　疑念がある間に、厳しい判断は即刻なされるべきだったんだ。
パントゥス　住民全員が一致して、馬を引き入れようと欲していることが分かったのでしたね。
ポリュクラテス　ああ、なんたることか。われらはどうしたものか。残酷な敵どもはただ非道いことばかりやっているのに。われらは理性を失い、武器もなく、助けもなく、剣の間を掻き分けて、いったいどこへ行くというのだ？

パントゥス　ああ、矢と剣と炎をかいくぐってやっと守り通した聖き品物を、どこへ持って行きましょう？

ポリュクラテス　ああ、悲しいかな、見たまえ、聖なる場所も、炎と兵士どもによって虐げられているではないか？

パントゥス　子供らの声や、苦しんでいる母親たちの叫び声が聞こえますか？

ポリュクラテス　ほら、もう見たかい、眠っているところを起こされて、足にも力が入らない父親たちが、不意打ちの死を迎えようとしているではないか？

パントゥス　でも、これらの兵士どもはどこから出てくるのです？

ポリュクラテス　ああ、悲しいかな、思慮深い敵どもの船が、ある合図でわれらの海岸の、決められた場所にやって来たのだよ。われらはみんな気持ちよく眠りに襲われていたんだ。

パントゥス　いや眠りじゃなくて、昏睡《こんすい》に陥っていたのです。われわれはアルゴスから逃げ出したため、眠りは奪われてしまったのだから。地獄から逃げ出したわれわれには、アストライア(78)の息子と死神(79)の兄弟が住みついているのです。
やれやれ、(困ったことだ)聞こえるでしょう、武器の音、炎の勢いが？　まるで燕麦《えんばく》が荒れ狂う南風のゆらめきで火のように真っ赤になっているみたいだ。ご覧、軍勢や軍旗があそこの上を駆け抜けている。まるで急流が山々から流れ落ち、野原を水浸しにし、それから、使われていない場所を通って、林を根絶やしにし、森に襲いかかるみたいだ。

ポリュクラテス　デイフォボス(80)の宮殿が地面に散らばっているのが見えないか？　ガレー船やシゲ海が業火の中で輝いているのが見えるかい？

パントゥス　おお、聖きフォイボス(81)よ、お助けください、この辛い局面を。ここでたったポリュクラテスと一緒だけで、何ができましょう？　死と残虐に隣り合わせているのですから。

ポリュクラテス　この場所に隠れるとしよう。あの者たちは火の明かりから、トロイア人と思われる。ところで、この者たちは誰なのだ、こちらへ恐ろしい顔をして素早くやってくる者たちは？　火の勢いを逃がれてやって来るのか、それとも、この辛い局面で武器を手に、勇猛果敢にも死のうと欲しているのかも知れない。

半信半疑で二人は隠れる。その間にも、物音や泣き声が聞こえている。二人はそれがアイネイアスだったことに気づく。

アイネイアスが武装して、多くのトロイア人たちと一緒に戦闘に赴く。

ポリュクラテス

パントゥス

アイネイアス　われらは武器の間であれ、鋭い剣の間であれ、死ぬのを迷うことがあろうか、忠実なるトロイアの方々よ。（貴殿らのような）寛大なる心が、早世を恐れるはずがあろうか？　お二人もそれぞれ勇敢な心を発揮されよ。かかる死はわれらが生の名誉なればこそ。

ポリュクラテス　パントゥス、こちらがわれらが勇敢なアイネイアスですよ。

パントゥス　おお、三美神のご子息よ、こんな少ない部下を引き連れて、不意の難儀に臨み、いったいどちらへ行かれるのです？

アイネイアス　おお、神官パントゥス殿、われらはいったい何事に逢着したのです？　一緒に逃げて、どの砦に行こうというのです？

じつはヘクトルの亡霊が私に突如現われて、夢の中で（ああ、悲しいかな）こういう苦しい終焉を予言して、こう言ったのです。

よいか、愛神の息子よ、逃げなさい、燃える炎から逃げなさい。敵たちは内部におり、トロイアは猛火とともに悶《もだ》え苦しむことになるのです。私たちはずいぶんと苦労してきたし、もし私たちの民に引き立てが残っているとしたら、まだ神々によって私らの都はこの最後の戦争においても守られるでしょう。

トロイアはその守護神を君に託するのです。アンキセスとアスカニウスを、運命、偶然、宿命の伴侶としなさい。彼らを無事に連れ出しなさい。そうすれば、海を渡ったときに、もっと上の地位に上ることでしょう。

こう言って亡霊は黙り、姿を消したのです。おお、われらが光よ、立ち止まり、どうか行かないでください（と私は言ったのです）、そしてすべてのことを明言してください、と。

合図に驚いて私は目を覚まし、それから、見回してみて、武器の騒音を聞きつけ、このとおり、ここに姿を現わし、外へ出たわけです。

パントゥス　とうとうやってきました、日々の最期の日が。やってきました、最期の時、トロイアの不可避の時が。いたるところ、煙だらけです。かつてはイリオンは名誉、われらが名誉であったのに、今やここ私たちの滞在地から遠くなっています。トロイアは古代トロイア人のものなのです。傲然たるゼウスも泣きながらも、アルゴスの側につき、トロイアをアルゴスに変えてしまったのです。すべての希望は消え去り、勝利者たるギリシャ人どもは私たちの主人となり、見てのとおり、私たちの血で染まり、私たちの黄金で飾り立てています。この馬（偽の贈り物）は、兵士と武器を外へ放つのです。炎の光で今し方、私はシノンを見ました、閉ざされた場所を新しい火で満たすのを。十年間にギリシャから一緒にやって来ただけの、アルゴス人どもが、今や前進しているのです。そして、開放された都の門を彼らは喜々として支配しているのです。彼らトロイア人は金具で家々を閉めました。外部はきらめく剣と火とに囲まれているだけであり、誰も暗い戦闘に命をかけたりはしません。また、トロイア人たちのほかの者は志願した死へ急いで向かい、不幸な残酷な運命を自ら認めるのです。彼らは武器を使用することもできないのですから。船団が朝早く到着し、兵士たちを放ちます。すると、彼らギリシャ人は恐れることもなく静かに駆けつけるのです、私たちの永劫の不幸へ向けて。

閣下、貴殿だけがおできになるのですから、どうかかかる惨事、かかる災難に対処されたい。

アイネイアス　トロイア人たちには武器の間で死ぬのがましだということは知っています。パントゥス、聖なる物は祖先の部屋の中に保管してください。

リフェオス、私と一緒に来なさい。イフィトス、ヒュパニス、それにデュマスも来なさい。輝かしき死よ、月光で生を飾りたまえ。

一同は戦闘のために走って行く。武装した兵士たちがプロセニアムで見られ、戦闘のために都の門から入ったり出たりする。

ピュロス。オデュッセウス。

アガメムノン。メネラオス。

シノン。その他大勢のギリシャ人。

ピュロス　ねえ、シノン、プリアモスの痛ましい砦へはどこから行けばよいのかね？　あそこへの最短の道を教えておくれ。この右手を、彼の残った血で染めてやるんだ。

シノン　もうわれわれギリシャ人があそこは制圧しました。まるごと火で焦がされています。

アガメムノン　かくもひどい無礼の仕返しをするためには、われらの口で奴らの暖かい血管から血を吸う必要がある。

オデュッセウス　われらの勇士は怒りをぶちまけるがよい。そして憎悪から、軍団《レギオン》はこぞって戦闘に結集し、悪しき都、極悪の民に向けられねばならぬ。ここには軍団が一つもいないのだから。激しく熱望している私の心は、激怒でいっぱいなのだ。憤慨でも、怒りや残酷さでも、さらにはいかなる哀れみでも、釣り合わない。引き合うのは、ただ復讐と冷酷非道な行為のみだ。

ピュロス　余も（冷酷な蛇のように）この余の強い復讐の手で、あの権杖《けんじょう》やあの白髪頭を強奪したいものだ。われらの捕虜を返さないことの承認を与えたのだから。ここでは軍団をも余はしりごみすまい。軍団はいつも武器で勝っているし、むしろ、世界でこれより大きな犠牲は至高のゼウスに捧げられまい。邪まで、不当で不浄な王が死ぬこと以上の。

メネラオス　朕には、朕の目には、かくも重大なる無礼が歴然としている以上、罰するのは当然だ。朕は朕を侮辱する輩《やから》のこの邪悪な傲岸《ごうがん》不遜に対して、時代遅れの罰をもって処罰しよう。朕がここで発揮するのはただ、力、勇気、蒼白き死、怒りのみだ。

アガメムノン　余が今この冷酷な心に宿っているこれより大きな怒り、そんな怒りが余に込み上げることはよもやあり得まい。

皇帝たち、王たちは配慮したり、礼儀作法上から、武器を使いはしないし、怒りに燃えても、冷酷な剣に焼きを入れることもできない。

戦さは血だけで生きるのであり、余は支配する欲求はないが、かくも悪どい行為の記憶はそっくり消え去るがよい。そして、日が傾く前、東方が日光を隠す前、霜と熱との間に静寂が根づく前に、かかる憤りが少しなりとも弱まらんことを。トロイアがすっかり崩れ落ち、むき出しの地上に痕跡が残らなくなるまで、死者たちが累々と山をなし、死とともに名声も滅びるまで。

彼らはプリアモスの宮殿へ向けて出発する。ラッパの音や、人びとの話し声が聞こえる。

トロイア女たちの合唱隊《コロス》〔涙を流しながら〕

天よ、大地とともに泣け、波立つ海よ、泣け。生まれ出ずるものたちの輝かしき父よ、泣け。ポモナ(83)も花の女神《フローラ》も泣け。デメテルもディオニュソスも泣け。愛神よ、泣け。草も花も持ち前の色を失え。あまりの哀れみで石も壊れよ。どの泉も川も、なべて甘さをなくせ。西風《ゼフュロス》よ、万事において失明せよ、そして生と呼ばれる甘き微風《アウラ》をなくせ。

こんなに辛いときに、どうしてわれらは悲しく暮らすのか？　おお、キュベレ(84)よ、どうして呑み込まないのか、地下に置かないのか？　分け隔てなきキュベレよ、おお、キュベレよ、この時にわれらの身体を。

こんな非道いことが、かつて世の中で見られたろうか？

無辜の人びとが他人の過ちの代価を払わねばならぬのか？

パリスがこの過ちを犯した張本人なのに、どうして彼の罰をわれらが蒙るのか？

第二合唱隊　今やすでに定めの時はきた、やってきた。トロイアはすでに没落し、逃がれた者は一人もいない。

せめてわれらの土地がわれらの墓地とならんことを。いやむしろ、不幸な骨壺が同じ一つの場所で一緒に一緒に、みんなの灰を閉じ込めんことを。

ほかには何の希望もない。ただ、われらの痛ましき魂が、エリュシオンを享有してほしいということ以外に。

でも、私は確信している、みんなが結局は死ぬだろうと、誰ひとりとして涙の目が乾きはしないこと、われらの魂は今日去り行くのだから、われらのどの部分も生きてはいないことを。そして、軽やかな一陣の風が動けば、空中や、霧の中を通り、暗闇でも戸外でも正道を外れて行く。今日は絶え間なき火が身体を焼き尽くしているけれど。

われらは同情を見いだす希望もなしに、いったいどこへ行くのだろう？

合唱隊　われらのどの群（女たち）も、アレスと戦う姿を想像したりはしまい、アマゾン族のように死ぬことであろう。生きることを望むよりも、美しい死に方をするほうが、誉れを与えるのだから。


全員が立ち去る。相変わらずがやがやいう声が聞こえる。火の手は勢いを増す。

ポリュクラテス
アイネイアス

ポリュクラテス　勇敢なる貴公よ、逃げ出してくだされ。償い得ない災難に際しては、より悪しき打撃から逃げるのが美徳というもの。貴公が生きておられれば、侮辱への仕返しをする希望も生じるゆえ。

大胆なる右手も疲れているし、貴公の剣も疲れている。かくも大勢を殺したために。コロイボスは死んだし、彼と一緒にパントゥスも死んだ。アポロンはこういう死を彼に禁じはしなかったし、またペリアスも残忍なオデュッセウスの手になる致命傷で呻吟している。王宮は火の明かりで、燃え上がるのが分かる。あそこでは、勇敢なアルゴス人たちが内外ともに群がっている。見えるのはただ、死の面影だけ。そして家並みもトロイア人たちも、いっぺんに炎で包まれてしまい、ここには防衛できる場所は見当たらない。もうわれらのものに非ざる都では、泣き声以外には聞こえはしない。慈悲深い運命も、ことごとく敵意を示している。ギリシャの外観をしているこれらの武器も、実は貴公の戦利品だし、貴公が殺した連中の武具なのだ。こういう無数の群から、これらの武具がわれわれを防御したのだ。でも（悲しいかな）カッサンドラがこういうことは今日予言していた。

アイネイアス　束《つか》の間の、悪しき日々は過ぎ去るが、堂々たる武勲は永遠に記憶に残される。今やわれらのプリアモスの名誉もろとも、歌に残されよう。

ポリュクラテス殿、さあ、行かれよ、前方の高い砦へ、プリアモスのもとへ。そして私についての耐え難い報せを伝えてください。

アイネイアス〔続ける〕でも、どうして輝きが見えるのか、こんな暗い夜中に。まるでフォイボスの東雲《しののめ》の明るい光線にも等しいではないか。

アフロディテが空中に現われる。(85)

アイネイアス。

アフロディテ 息子よ、どんな激しい欲望がお前をそれほど大胆に行かせるのかい？　向こう見ずにどこへ駆けつけるのかい？　私たちへの思いやりがどうしていっぺんに消え去ったのかい？　お前の父アンキセスやお前の妻クレウサをどこに残そうと気にならないのかい？　息子アスカニウスはどこへ残したのかい？　ご覧、彼らの周囲では、武装したギリシャ人たちが取り囲んでいるんだよ。

私はここしばらくの間は彼を守ってやった。ゼウスのもとで懇願し、ギリシャ人たちの逸《はや》る心をかくまったうえでね。

この偉大なる父が天賦の慈悲とありがたい睫毛を持ち合わせていなければ、もう家並みは破壊され、それらは灰燼と化していただろう。これはヘレネの憎まれた美しい顔のせいではないし、まして やパリスが悪いのでもない。冷たいのはすべての神々だけなのだよ。だって、無情、不正にも、トロイアとその富を一挙に奈落の底へ追いやったのだからね。

ポセイドンはここの深い地面から、その三叉の鉾《ほこ》で市壁を揺り動かすし、また、残忍なヘラも姿を見せていて、船から仲間の群を呼び寄せたりする。自らは剣や武器をすっかり着用してね。

パラスはというと、毒と胆汁を漲《みなぎ》らせて、お前たちの破滅を渇望し、そしてただ怒りだけに染まりながら、ゴルゴンの頭を輝かせている。

永劫の父なるゼウスはと言えば、彼もやはり怒りに心を動かされ、ギリシャ人たちに勇気を与えて、ほかの神々の心を挑発したりする。

さあ、息子よ、こんな死、こんな怒りから逃げなさい、この目立たぬヴェールに隠れて。

私はいつもお前と一緒だよ。父の家にお前を安全に置いてあげよう。暗闇で目も見えぬぬばたまの夜の恐怖のさ中にも。


アフロディテは姿を消す。


アイネイアス　〔恭しく〕慈愛深き母上よ、愛の光で僕には貴女が僕を慰めにいらしたことがよく分かります。

でも、義務は重大だし、僕らの親愛な受難の祖国のために、僕らとしては胸に剣を置く準備ができているのです。母上のありがたい指示を遂行したいところなのですが。

汝、今燃えつつあるイリオンの聖なる灰よ。僕の最期の小さな炎よ。汝を僕は信用できる証人に呼び、この最後の終末でも、ギリシャ人の武器や攻撃を避けるつもりはありません。たとえ運命が僕の殺されることを欲したとしても、今、硬い剣や炎の間で、僕に勇敢に闘わせ、僕の不可避の宿命を実行に移すことも、運命にはできたでしょう。でも、現在のこの不幸へのいかなる救済策も、ほかの骨折りも僕には見つからないから、また、真実を語る口で僕に確信されたのだから、僕は素直な息子として、貴女の手本に従います。そして、炎のせいで敵どもの間をかいくぐり、安全な祖国に入ります。それから、老父アンキセスを無事に解放し、父とともに、アスカニウスと僕の妻クレウサをも解放し、山上に連れて参ります。貴女のおかげで、軍隊が場所を譲ってくれて、僕らが火事から逃がれられるように希望しますが、それでも、僕は剣を使うのを止めはしないつもりです。

光に導かれて、アイネイアスは闘いながら、敵たちの真ん中に入って行く。前にもまして、泣き声、騒音が聞こえる。城門が崩れ落ち、城の内部では炎が上がっているのが見える。

オデュッセウス、戦闘の合間に。

私の記憶の中にまだ生々しいではないか、われらの古き家々、われらの岬、われらの地方、われらの名誉、われらの身体における、損害、略奪、被害、暴行、死が。
侮辱がわれわれから取り除かれれば、われらの名誉も、度量の大きさも立ち上がれるだろうか?

少なくともわれらは名誉をもつことにならないか、こうした乱暴、重苦しい煩悶の恨みを晴らすとなれば？

運命の妨害に打ち勝とうではないか？　それから、慰めを回復したうえで、われらは後継者たちに気概を与えようではないか、銀貨や紫衣よりも、あっという間に消え去る淫蕩よりも、他人の名誉を忠実に保持するという気概を。

だが、まるでライオンのように、今はこの復讐心が咆哮している。

してみると、他人の奥方へのパリスの邪悪な愛はいったい何だったのか？　楽しい瞞着への愛、狂気の理性、大胆な臆病、脆くて鬱陶しい快楽、暗い光、賞賛に値しない誇り、脆弱な健康、に過ぎなかったのではないか。いつも死にながら生き、生きながら死んでいたのだから。

私、この勇敢なオデュッセウスは、わが麗わしきペネロペ、父のラエルテス、わが息子テレマコスとの、親密な抱擁を放棄してしまったのだから、今なお生々しい傷を治す仕事に加わる自分をどうして想像できよう？

ここで私は勇ましく闘うことはもうないのか？　私の淑《しと》やかな仕事がここでは知られていないというのか？　抜け目なき狡猾さ、見せかけの眉毛、計略、わが偽の祈りよ、失われし名誉を取り戻すために振る舞ってくれまいか？

でも私はここで大軍団と戦うことを悟っているのだ。さあ、駆けつけて、怒りや悲しみを発散させるとしよう。

ポリュクラテスはギリシャの武具を着用。

ピュロスはプリアモスの頭部を手にしている。

メネラオス。アガメムノン。

ヘカベは捕虜の女たちと一緒に、城門から出てくる。


ポリュクラテス　おお、無情なる夜よ、どうして汝は永遠であるとの見せかけの素振りをしないのか？　二度と曙が現われることもなく、また月がこの大気を明るくすることもないかのように。残酷で、無情なる夜よ、どうして汝は星辰を落として、暗くも美しいものが覆われるようにしないのか？

汝が離れたり、戻ったりするところに、自然の定めたあの秩序をいっぱい満たしたまえ。

そそり立つ、人里離れた、虎の巣穴では、かくも残忍な残酷さが見られたことはかつてないのではないか（キムメリオイ族の洞窟とか、不毛なトラケの斜面とか、エテオノスの森の中とかにも、輝くフォイボスの光が達したことはあるまいが）？

敗者に情けをかけるのは、勝者の名誉なのだ。

ある王はほかの王に無情な死を与えるべきではなくて、むしろ、彼を尊重すべきなのだ。とりわけ、彼を捕虜にしている場合には。

また、考えるべきなのだ、——同じ道を通って、自分も見慣れない処罰をもって進むかも知れないことを。太陽と月の進行のもとで、運命がわれらの不定な輪を支配する限りは。

非情残忍なピュロスは、われらのプリアモスの面前で、若きポリテス[86]を一気に殺したではないか？

哀れな老人が、古い武器を手に、重々しく武装して、彼を助けようと試みたが、殴打されて、殺され、老人の上半身から頭を切断したではないか、アキレウスのあの残虐な息子[87]は。

　　ああ、不釣り合いな戦さよ。

大勢の息子たち、大勢の孫たちの血で、今は波立っているではないか、かつては（地面に萎《しお》れている花のように）黄金の地表をしていた、古き大広間が。

捕虜の女たちは人の表情をなくして立っているではないか？

悲嘆にくれたヘカベは、手に豪奢な数々の王笏《しゃく》を握り締めながらも、今や冷たい縄で縛られたまま、わが身の周囲に、わが身の血筋からの流れる血を眺めている。そして、彼女もやはり（服従した女奴隷として）メネラオスに向かい、自分も、同じくカッサンドラ、ポリュクセネも、十年目の終わりに、殺してください、と懇願している。

でも、誰が目に涙を見せずにおれようぞ。ほら、みんながぞろぞろ出てくるところだ。獲得した捕虜を引き具して。（ああ、悲しや、誰がこんなことを信じようぞ。）ピュロスはプリアモスの頭を手に先導している。ほら、悲嘆に暮れた母親と娘たちが、ひどい苦しみに包まれている。太陽も哀れを催すほどに。

ほら、（われらの破滅の因なる）ヘレネが出てくるところだ。私は惨めな女たちの最期は見届けたいが、一方、ギリシャのこの軍隊のもとで私は自分の死を隠すことに決まっている以上、彼らを見ると私も元気が湧いてくるというもの。後で、アイネイアスが待ってくれているところへ赴くとしよう。不幸な日の光が現われる前に。

彼は近くの場所に身を隠す。

メネラオス 悩める老女よ、怒りを抑えなさい、激情を抑えなさい。今日始まる涙は、汝からすればわれらの危機の状況だった期間ずっと、汝に流れ続けるべきものなのだ。

ヘカベ お願いします（殿よ）、その勝利の手、他のそれより強い御手で、ピュロスが私のプリアモスの脇腹に巻きつけたその同じ剣を、どうかこの腹、この苦い腹、かくも邪悪な子の因であり、かくも辛く苦い罰の因でもあっただけのこの腹に差し向けてください。ピュロスさま、哀れな妻なるこの私から、生命《いのち》を奪わなければ、あなたは勝利者にはなりませぬ。私を殺さなければ、あなたが私の手で死ぬように、私のありとあらゆる重い力を尽くすことでしょう。すべての神々にどうかお願いします、この娘たちの左側をくりぬいてください。彼女らがこの世に生きている限り、夜となく昼となく、復讐することしか考えないだろうことをご存知でしょう？

あなたがまだ満足せず、疲れていないのでしたら、幸せな最期、万物の恐るべき悲劇を遂行されよ。

トロイアの大きな城も、劫火《ごうか》が粉々の塵《ちり》に帰してしまい、運命はもうあなたのものとなっています。ヘレネはあなたのもとに戻っており、王も、王とともに王子たちも、孫たちも一緒に亡くなっております。

女たちがあなたにとってはたして助けとなりましょうか？　こんな老女が何になりましょう？

こんな小娘たちが何になりましょう？　今夜は残忍さしか見せておりません。私らの血でもっと怒りを発散されよ。


ピュロス　ヘカベよ、君はここでは女王だったが、アルゴスでは哀れな下女《はしため》となろう。君を君の娘たちと一緒に、アルゴスでは戦利品としてわれらは残しておくつもりだ。

不実で邪悪な日々が、君の生涯の最期には苦しみと拷問が待っているのだ。それらは君のかくも極悪な子孫が与えたものなのだ。

君が目にするこの頭は、君の夫のものだし、名誉と誇りはこの私の右手のものだ。

私の厳父アキレウスの高い墓にて、君の面前で犠牲をささげるつもりだ。

プリアモスは今じぶん、大地の奈落の王国で、ペレウスの息子[88]に、私の誇り高き偉業を物語ってしまっているであろう。

ほら、見てのように、君の血に対しても、君の腹の血に対しても、怒りはもう発散されてしまっているのだ。

ヘカベ　アキレウスは私の息子ヘクトルに対して礼儀正しかったのです。ヘクトルには王家の墓はふさわしくなかったのです。
私たちは生命《いのち》を求めているのではなくて、死を欲しているだけなのです。

オデュッセウス　遅い歩みを早めなさい、そしてヘカベよ、泣くのを抑えなさい。かってわれらの極度の歓喜が同じくらいの苦しみを、いやむしろ、もっと大きい悲しみを味わったのだからね。アルゴスでは、君は君の新しい災難や心を発散させる時間があるだろう。
苦しみとても発散させることにより、より小さくなるであろう。

アガメムノン　ギリシャの男たちよ、さあわれらの船にここの女たちや戦利品を運んでおくれ。もう心配はことごとく消え去り、われらの胸は何と楽しいことか。
われらは、微風《そよ》がやってくる前に、恵み深い夜に感謝を捧げよう。新しい祭壇を神々に設《しつら》えよう。
そして、アウリスへは、われわれすべての戦友たちも、勇敢なオデュッセウスも、感謝をしにやって来てもらおう。そして近くの川で各自が武器から血の染みを取り除くがよい。くたびれてはいるが、まだ死者に飽きてはいない武器から。

全員がトロイアの女たちもろとも戦利品を船に運んでから、出発する。

アイネイアスが父を肩に載せ、息子のアスカニウス、妻のクレウサ、他のトロイア女たちを引き連れている。


アイネイアス わが慈悲深き母上アフロディテよ、出発進行します。どうか私を敵の一団の間からお導きください。汝ら祖国の神々よ、われらの昔の家々を、そして息子（父にとっての唯一の希望）をお守りください。未来はあなた方のものであります、トロイアはあなた方のものでありま す。（せめてこの名前は滅ばないでいて欲しい。）

親愛なる父よ、しっかりこの肩の上に摑まってください、この重さは私には心地よいのですから。

仲間どうしの霊魂のために、二人ともに共通のたった一つの墓が作られんことを。相互の一つの救いとして。

仲間たち（もはや奴隷ではない）よ、この盲目の道の、茨とイラクサの間で、燃える魂を美しき死に際にも保持したまえ。汝クレウサよ、われらの先例に従い、共同の悲しみに服して、ついて来たまえ。

わが幼きユルス(89)よ、手を差し出しなさい。

魂の都よ、いざさらば。

注解

(1) アリオスト『狂乱のオルランド』(一五一六年)の冒頭。
(2) ピエリア、ボイオティア地方の山で、ムーサたちが住むとされてきた。
(3) ムーサの一人。「名声」(歴史、巻物または巻物入れ)を守護する。
(4) パリスのこと。予言者から、生まれてくる子供を殺すべきだと警告されていたプリアモスは、パリスが生まれるとすぐに羊飼いのアゲラオスに託し、イデ山中に彼を捨てさせた。しかし、牝熊に授乳されているパリスを見て、同情したアゲラオスは、自分の子として彼を育てた。
(5) エリニュエスのうちの一人。「殺人の復讐者」を意味する。ほかにアレクト〔休まない女〕、メガイラ〔嫉む女〕がいる。
(6) 四大。四元。
(7) ゼウスと争いの女神エリスとの娘。愚行の神。
(8) アレクト、ティシフォネを加えて、計三人が、エリニュエスを構成する。
(9) プリアモスの妻ヘカベはパリスを出産するとき、燃え木を生み、その火がトロイア全市を焼き尽くすか、あるいは百の腕をもつ怪物を生み、それが全市を粉々にする夢を見た。
(10) カリテス(タレイア、エウフロシュネ、アグライア)。彼女らの母はエウリュノメ(あるいはヘラ)とされているのだが、作者パウリッツィはアフロディテと解しているらしい。
(11) 注(9)を参照。
(12) ヘレネ。
(13) テュンダレオスの妻。ゼウスは白鳥の姿で彼女と交わり、ヘレネ、ポリュデウケス、カストル、クリュタイムネストラが生まれたが、前二者はゼウスの子で、後二者はテュンダレオスとの子供だとされている。

(14) 人間であるが、ゼウスから愛されて、風の支配者となった。

(15) トロイア戦争においての、ギリシャ軍の予言者。

(16) パリスがトロイア王子であることを知る前に彼と結婚。パリスがスパルタへヘレネを探しに行き、フィロクテテスによって傷を負ってオイノネ（彼女には傷を治す力があった）の元に連れて来られたが、オイノネは自分を棄てた夫を助けようとはしなかった。

(17) 注(9)を参照。

(18) アフロディテの異名。

(19) アドニスは一年の三分の一ずつをアフロディテ、エイレイテュイア（お産の女神）、ペルセフォネそれぞれとともに過ごし、三分の一を自分の好きなように過ごすことをゼウスから命ぜられ、残る自由な三分の一をアフロディテと過ごしたと言われる。

(20) ゼウスの怒りを買って、アフロディテは人間の男と恋に陥るように仕向けられ、人間の娘に姿を変えて現れた女神とトロイアのイデ山で羊飼いをしていたアンキセスは情を交わし、女神はアイネイアスを生んだ。

(21) このへんの事情は未詳。

(22) アポロンとポセイドンはゼウスに反逆したため、人間に一年間奉仕することになり、ラオメドンが王位についたとき、やって来て、トロイアの周囲に一定の報酬で城壁を作ることを申し出た。しかし、神々を崇拝しないことで知られたラオメドンは報酬の支払いをあくまで拒否した。

(23) ポセイドン。

(24) ラオメドンが、ポセイドンによって送られた怪物にトロイアを荒らされて困っており、要求されるままに娘ヘシオスをこの怪物の餌食に供しようとしているとき、ヘラクレスは、ゼウスからトロイアに贈られた名馬（不死の雌馬二頭）を自分に与えるという約束を結び、アテナ女神がヘラクレスのために海岸にしつらえた砦の背後より怪物を襲った。しかし、ラオメドンは今回も約束を反古にしたのだった。

(25) 別名パントオス。トロイアのアポロンの神官で、息子にはポリュダマス、エウポルボス、ヒュペレノルがいた。トロイア滅亡の際に殺された（ウェルギリウス）。

(26) エリクトニオスと、シモエイス河神の娘アステュオケとの息子。

(27) トロイア市（ラテン名イリウム）を創設。

(28) ダルダニア王国を支配。

(29) イロスとエウリュディケとの息子。

(30) もとの名はポダルケス。ヘラクレスがラオメドンの娘ヘシオスを救ったのに、ラオメドンが代償の支払いを拒否したため、ポダルケスを除き、ラオメドンの息子たちをすべて殺した。五十人の息子と五十人の娘がいたとされている。

(31) アイネイアスの祖父でもある。

(32) アフロディテ。ただし、カリテスの両親については諸説がある。

(33) アルテミス。

(34) スパルタ人の祖。

(35) アイギナのこと。ゼウスが彼女を奪って（彼女の名から）アイギスと呼ばれる島へ連れて行き、そこで彼女はアイアコスを身ごもった。

(36) イオのこと。

(37) イダスのこと。

(38) ケフィソスのこと。
(39) アルカディアのテゲアの王アレオス。アウゲア（またはアウゲ）は彼と、兄弟のペレウスの娘ネアイラとの間の娘で、ヘラクレスに犯された。
(40) トロイアの長老で、プリアモスの助言者。
(41) 「陛下のおかげで、殺されずにすむ」という意味。
(42) シノンの息子たちと父親を指す。
(43) 憤った顔を含意する。
(44) プリアモスとヘカベとの間の末の娘。捕虜となったトロイアの女たちがギリシャの武将たちに分け与えられたとき、アキレウスの亡霊が墓から立ち上がり、ポリュクセネを彼の墓の前で殺し、彼女の亡霊が彼の連れとなるよう要求。そのため、アキレウスの息子ネオプトレモスは彼女を殺した。
(45) 冥界の支配者ハデスのこと。
(46) 死者の国の裁判官。ゼウスとエウロペとの間の息子。
(47) テバイ王クレオンの娘。ヘラクレスの妻（ヘラクレスに殺されたとする説もある）。
(48) ハデス。
(49) 地獄の門。
(50) イッカク鯨（cetazio）。
(51) 古代フェニキアの海港。
(52) 海の精ネレイスの一人。
(53) ボイオティア地方のコパイス湖畔の町。ポセイドン神殿の森がある。
(54) ポセイドンと海のニンフ、ナイアスとの間の息子で、海神。オケアノスとニンフのテティスから仲間に加えられ、海神としての彼に予言の術が伝授された（オウィディウス）。

(55)「変える」（uertere）に由来する。変身する能力があるこの神は、果実・果樹の女神ポモナに恋したが拒絶されたので、老婆に変身して自己を弁護し、再び元の姿に戻った。それでポモナもついに彼に身をまかせた。

(56) メリケルテスの元の名。アタマスとイノとの間の末子で、海神。

(57) プリアモスとエピテシアとの間の息子。メネラオスによって殺された。

(58) ネレウスとドリスとの間の娘。

(59) 大洋神オケアノスと姉妹のテテュスとの間の娘。

(60) アキレウス。

(61) 未詳。

(62) ラオコンのこと。

(63) ポセイドンとアンフィトリテとの間の息子。

(64) フリュギアのサンガリオス河岸の一地域の王。アマゾンの来襲時に、プリアモスが助けてくれた返礼として、トロイア戦争ではトロイアを助けに馳せ参じた。コロイボスの父。

(65) テュルソスのこと。挿し絵参照。

(66) アポロンとアルテミス。アルテミスはアポロンと一緒に、あるいはアポロンより先に生まれたと言われる。

テュルソス

(67) ヘレネはゼウスとレダとの間の娘。スパルタ王メネラオスの妻。

(68) 冥界の入口に住むとされている架空の種族。

(69) ヘラはサモス島で崇拝されていたために、こう呼ばれた。

(70) アルカディアのニンフ、シュリンクス（ノナクリス）は、情欲を抱いたパン神から追われたため、ラドン川のニンフたちに頼んで、葦に変身した。
(71) イオが白い雌牛に変身させられたとき、全身に百の眼をもつアルゴスは見張りについたのだが、ヘルメスに殺された。
(72) 殺されたアルゴスの多くの眼は、ヘラが自分の聖鳥である孔雀の尾羽根にはめ込んだ。
(73) 戦争の神アレスのこと。
(74) パノペウスの息子。アテナ女神の助力でトロイアの木馬を建造した。
(75) ネオプトレモスとも呼ばれる。デイダメイアとアキレウスとの間の息子。
(76) 戦いの女神。アレスの仲間。ローマ人はベロナと呼んだ。
(77) アキレウス。
(78) ゼウスと正義の女神テミスとの間の娘とされている。
(79) ハデス。彼はゼウス、ポセイドン、ヘラ、ヘスティア、デメテルの兄弟である。
(80) プリアモスとヘカベとの間の息子。兄弟のヘクトルと仲が良かった。パリスが死んだとき、デイフォボスはヘレネをめぐってヘレノスと争い、勝利を収めた。
(81) アポロン。
(82) アキレウス。
(83) 果実・果樹の女神。ウェルトゥムヌス（前出）参照。
(84) 豊穣の女神。原文ではMadre（母）となっている。
(85) 機械仕掛けの神（deus ex machina）の手法。
(86) プリアモスとヘカベとの間の息子。

(87) ピュロス〔ネオプトレモス〕。
(88) アキレウス。
(89) アスカニウスのこと。

訳者あとがき

本書との出会いはもう十数年も前に、イタリアの古書店の通販カタログにて偶然発見したことに遡る。テーマに魅かれて発注し、入手に成功。写真複写63枚が束にして簡素な函入りになった、実に稀なる代物と判明した。写真版もかなりの年月が経過していて、剝げかけた個所もあり、当初は途方に暮れるばかりだった。

しかし、この原作者や原本をイタリアで探求しても何らの手掛かりも得られず、天下の奇書だと判明したこともあり、ますます探究心をそそられることとなる[1]。

幸い、幾年も懇意にしている知友G・ピアッツァ氏に協力をお願いし、ときには一語の判読に二人で杉田玄白なみに数時間を費やしたりしながら、約十年で一通り全編を解読することに成功した。これほどの年月がかかったのは、週一回程度しか二人が会えなかったという事情もあるが、とにかく、当初の難業がだんだんと判読に成功するにつれて、判じ物を解くような快感に転じていったのだった。当時はエコの『バラの名前』の注解に取り組んでいたこともあり、この作品も実は古写本をめぐっての話から展開していたから、何かの運命がこういう符合を与えてくれたのかも知れない[2]。大袈裟に言うなら、P・ブラッチョリーニによるルクレティウス『物の本性について』の再発見（一四一七年[3]）にも似たそれの追体験をたどることになった次第である。

こうして完成した訳稿は勤務校の「大学院紀要」（二〇〇二年、二〇〇三年）に訳者本名で「十六世紀の埋もれた悲劇作品の解読」として掲載された（残念ながら、何らの反応もなかった）が、何よりも訳者の希望はこの堙滅しかけている作品を世界で初めて復刻し公刊することにあった。このたび幸いにも勤務校の「人文研」の研究費（二〇〇四年度）を得られたため、早速この夢の実現の費用の一部に充当させてもらうこととした。

作品内容はヘレニズムの源流とも言うべき〝トロイア戦争〟とその結末が扱われている。〝プロローグ〟によれば、一五六五年八月の休暇中に執筆され、同年に上演されたらしい。この作者は「古えの歴史および話に基づく」と謳っているだけで、具体的資料を示していないが、ホメーロスやコルートス、トリピオドーロス(4)、さらにはディクテュス、ダーレス(5)、グイド・デッレ・コロンネ(6)、ビンドゥッチョ・デッロ・シェルト(7)、等は当然推測される。ただし、個々に点検してみて、これらには見当たらない個所もかなり散見するし、どうしても判然としない点も未だに残存している（注解には各種のギリシャ神話辞典を利用させてもらった）。これらは、この復刻版により、各国の学者が追究してくれることを期待している(8)。

最後に、解読に長らく粘り強く協力して頂いたGiovanni Piazza氏、奇書の刊行を引き受けてくださった而立書房社主の宮永捷氏に深謝申し上げたい。願わくば、海外——とくにイタリア——でも本書が流布せんことを。

二〇〇四年五月十日

谷口　伊兵衛

（1）このへんの事情は以前に「文學界」（一九九六年一月号）の「外国文学者大アンケート」で公開したことがある。

（2）こういう写本を巡って物語が展開するというのは、イタリア一流の伝統なのであって、たとえば拙訳（共訳）『イタリア・ルネサンス　愛の風景』（而立書房、一九九一年）中の「リミニのフランチェスカ」（七三－七四頁）でも、やはり一写本の話から物語が始まっている。

（3）ブラッチョリーニは中世ではほとんど未知だったこの作品をドイツで再発見し、その後、M・フィチーノによってこれは注解され、十七世紀に広く流布することとなるのである（*cf. Dizionario enciclopedico della letteratura italiana*, 3 (Laterza/Unedi, 1967) p. 426)。

（4）松田治訳『ヘレネー誘拐・トロイア落城』（講談社「学術文庫」、二〇〇三年）がある。

（5）岡三郎訳『ディクテュスとダーレスのトロイア戦争物語』（国文社、二〇〇一年）がある。

（6）岡三郎訳『トロイア滅亡史』（国文社、二〇〇三年）がある。

（7）Binduccio dello Scelto (a cura di Maria Gozzi), *La storia di Troia* (Luni Editrice, 2000) が最近になって公刊された。

（8）わが国に紹介された同種の文学作品としては、ほかに古くはJ・アースキン（西崎一郎／梅沢時子訳）『トロイのヘレン』（新鋭社、一九五六年）があり、最近ではC・マクロウ（高瀬素子訳）『トロイアの歌』（NHK出版、二〇〇〇年）がある。未訳ながらLaura Riding, *A Trojan Ending* (Constable & Co., 1937) とChristopher Morley, *The Trojan Horse* (J. B. Lippincott Co., 1937)〔C. Paveseの伊訳あり〕は注目に値いする。

M・M・バダウィ／河内賢隆、兼谷英夫訳

1985.7.25刊
四六判上製
256頁
定価1500円

シェイクスピアとその背景

ISBN4-88059-087-8 C0098

イギリスを見たこともない人たちのためにと執筆された好著。誕生から死まで、戯曲の年代考証、作品内容への宗教・古典文学・ギリシャ神話の影響、当時の舞台などをわかりやすく説明してくれる。

C・L・バーバー／三盃隆一訳

1995.6.25刊
四六判上製
328頁
定価1900円

エリザベス朝悲劇の創造

ISBN4-88059-198-X C1098

1980年代シェイクスピア批評に多大な影響を与えたバーバーの遺著。マーロウの『タンバレイン大王』『フォースタフ博士』とキッド『スペインの悲劇』の三つの作品分析を通して、エリザベス朝悲劇の創造過程を究明する労著。

ジョゼー・サラマーゴ／谷口伊兵衛訳

1998.1.25刊
四六判上製
496頁
定価3000円

修道院回想録

ISBN4-88059-251-X C0098

現代ポルトガル文学の秀作。スペイン・伊・露語に翻訳されて、「エコの『バラの名前』以上にすばらしい」(伊語版) と評されている、現代ポルトガルの古典。著者サラマーゴは98年にノーベル文学賞を受賞。

アミタヴ・ゴーシュ／井坂理穂訳

2004.5.25刊
四六判上製
440頁
定価2500円

シャドウ・ラインズ　語られなかったインド

ISBN4-88059-314-1 C0097

カルカッタ／ロンドン／ダッカの三つの都市と三つの世代を引き裂き結びあわせる、かつて英国の植民地であったインドの中流階級一族の物語である。21世紀英国文学の旗手ゴーシュが繊細に抽出したインド社会の深層が見える。

ボリス・デ・ラケヴィルツ、ヴァレンティ・ゴメス・イ・オリヴェル著／谷口伊兵衛訳

近刊

ファラオの目

エジプト学者とカタロニアの文筆家との協力による初の小説。エジプト帝王の世界をリアルに描いた壮大なロマン。ドイツ語に訳されたほか、世界各国で訳出進行中の問題作。

J・M・ミテッリ編画／谷口勇、G・ピアッザ訳

1996.7.25刊
A５判上製
128頁
定価3000円

ことわざ図絵

ISBN4-88059-213-7 C0098

17世紀、イタリアで活躍した彫版家による版画集。イタリアでは稀覯本。その天衣無縫な生涯は、彼の作品にも如実に反映されており、当時の人たちは刷り上がるのを待ちかねて購入したという。

谷口　勇
1996.6.25刊
四六判上製
128頁口絵2頁
定価1900円
ISBN4-88059-214-5 C1098

中世ペルシャ説話集　—センデバル—

『千夜一夜物語』に代表されるアラビア文学の特徴は“枠物語”にある。その典型である『センデバル』の西方系分枝『女の手練手管の物語』の全訳と、その起源および系譜、ヨーロッパ文学への影響等を追究した本邦初の秀作。

L・ドメニキ／谷口勇訳
1996.2.25刊
四六判上製
144頁
定価1900円
ISBN4-88059-212-9 C0070

紋章と恋愛談義

（鼎談者）ひげのポンペーオ／アルノルド・アルリエーノ／ロドヴィーコ・ドメニキ。イコノロジーの知られざる古典の発掘。西洋精神の底流を探る格好の本。イタリア語原文をも収録した。

谷口　勇、G・ピアッザ訳
1991.10.10刊
A5判上製
208頁口絵10頁
定価2400円
ISBN4-88059-155-6 C0098

イタリア・ルネサンス　愛の風景

〔アモルとプシュケ叢書〕

ダンテの詩魂を覚醒させたベアトリーチェ、ラファエッロの創作を揺り動かしたフォルナリーナの献身、「ロメオとジュリエット」の原型の物語等、ボッカッチョの手法を擬して、10人の作者が物語る10の恋愛模様。

アプレイウス原作／M・クリンガー画／谷口勇訳
1992.12.25刊
A5判上製
192頁挿絵入り
定価2400円
ISBN4-88059-166-1 C0098

アモルとプシュケ　〔アモルとプシュケ叢書〕

ギリシャの美少女プシュケとローマの愛神アモルとの結婚を描いた、西洋では最もポピュラーな物語の一つ。ユング派心理学の源泉であり、ロダンは彫刻にしている。戸澤姑射訳述「愛と心」併録。

丁聰編・画／谷口勇訳
1994.12.25刊
A５判上製
224頁
定価2400円
ISBN4-88059-189-0 C0098

古代中国ユーモア100話

魯迅の「阿Q正伝」の挿絵を描いてデヴューした丁聰は、抗日戦争、国民党の弾圧、反右派闘争、文化革命と、現代中国が経験したすべての過酷な闘いの中で、風刺と反権力の姿勢を一貫してとりつづけてきた。中国語を併録。

丁聰編・画／谷口勇訳
1995.2.25刊
A５判上製
216頁
定価2400円
ISBN4-88059-190-4 C0098

現代中国ユーモア100話

「古代中国ユーモア100話」の続編。丁聰の作画姿勢は一点のゆるぎもなく、見る者の感性に見事に応えてくれる。中国語を併録。

〔訳者紹介〕
谷口伊兵衛《たにぐちいへい》（本名：谷口　勇）
1936 年　福井県生まれ
1963 年　東京大学大学院西洋古典学専攻修士課程修了
1970 年　京都大学大学院伊語伊文学専攻博士課程単位取得
1975 年 11 月～ 76 年 6 月　ローマ大学ロマンス語学研究所に留学
1992 年　立正大学文学部教授（英語学・言語学・西洋古典文学）
1999 年 4 月～ 2000 年 3 月　ヨーロッパ，北アフリカ，中近東で研修
主著訳書　『ルネサンスの教育思想（上）』（共著）
『エズラ・パウンド研究』（共著）
『中世ペルシャ説話集』
「教養諸学シリーズ」既刊 7 冊（第一期完結）
「『バラの名前』解明シリーズ」既刊 7 冊
「『フーコーの振り子』解明シリーズ」既刊 2 冊
「アモルとプシュケ叢書」既刊 2 冊ほか

悲劇　トロイア炎上――古えの歴史および話に基づく――

2005 年 2 月 25 日　第 1 刷発行

定　価　本体 3000 円＋税
著　者　アネッロ・パウリッリ
訳　者　谷口伊兵衛
発行者　宮永捷
発行所　有限会社而立書房
〒 101－0064　東京都千代田区猿楽町 2 丁目 4 番 2 号
振替 00190－7－174567/ 電話 03（3291）5589
FAX 03（3292）8782
印　刷　有限会社科学図書
製　本　有限会社岩佐製本

落丁・乱丁本はお取り替えいたします。

ISBN4-88059-319-2 C0074

L'INCENDIO
DI TROIA.

TRAGEDIA.

DI ANELLO PAVLILLI NAP.
Secondo l'Historie, & Fauole
antiche.

A T R O P O S.

S I F I L V M.

Con Priuilegio per anni diece.

IN NAPOLI.

Appresso Gio. Maria Scotto. 1566.

ALL'ILLVSTRISS. SIGNO

VINÇENZO CARRAFA D'ARIANO.

Anello Paulilli Nap.

SE LA Gentilezza, & libera
lità del voſtro petto, obligan
gli huomini ad offrirle il poſſi
bile de loro attioni, & ſi fet
vita cagione che l'occolte ver
tudi ſi chiariſcano, & s'ampli
fichino nel mondo; Onde ciaſci
no vi reputa, meriteuole di tut
ti quelli honori, che dar poßo
no gli altrui ſcritti, & s'io obli-
gato, & amplificato, dal gentile, & dal liberale di voi,
tal v'eſtimo, come mi vedrò mai ſatio, queſte sì fatte voſtre
honorate qualitadi, narrare, & reuerire; & maggior-
mente ſendo voi di Lignaggio, & Nobiliß. & Illuſtriß. &
Sacratiß. di cui, & Caualieri, & Cardinali, & Pontefi-
ce, hanno, & difeſo, & regnato, & benedetto, & le gen-
ti, & il mondo, & l'anime de gli huomini? Et per ciò
prenderete il principio di miei doni ch'io v'apparecchio, &
accettarete la Tragedia de l'Incendio di Troia, in Stampa,
con quell'occhio, che voi l'intendeſte, & che la vi fù rapre-
ſentata nella ſala del voſtro Palagio. In Nap. il dì 4. di
Luglio. 1566.

ARGOMENTO.

Vertitur in ignem Priami celsa Domus.

PERSONE DELLA TRAGEDIA

Giunone in Proserpina.
Sinone Greco.
Policrate Troiano.
Paride Figlio di Priamo Rè di Troia.
Enea Troiano.
Chorebo Figlio del Rè di Mida.
Pallade.
Priamo Rè di Troia.
Pantho Sacerdote Troiano.
Laocohonte Sacerdote Troiano.
Duo Pastori Troiani.
Ombra d'Achille.
Duo figli di Laocohonte.
Hecuba Reina di Troia.
Cassandra sua Figlia.
Choro di Donne Troiane.
Menelao Rè di Grecia.
Agamenone Imper. dell'essercito Greco.
Vlisse Greco.
Pirro Greco.
Venere.

PROLOGO.

ECCO, Nobiliß. Gentildonne, che l'amoreuol vostro Paulilli, in questo così da voi desiderato giorno, dinanzi à le grate presenze vostre, quanto l'anno passato, vi promise di rappresentare la Tragedia de l'Incendio di Troia, & non hauete per poca diligenza, l'adempire tanta cosa. Poiche in così poco tempo, & per certo ſolo trà le vacanze d'Agoſto paßato, hà fabricato quello, in che per diece anni, i Greci furono intrigati. Et quantunque le promiſſioni, eßer debano ſodisfatte, conformi, à la qualità che ſi prometteno, ſe non rieſce la Compoſitione, l'Intrico, & il Diſciorre del fatto, ſimili all'Argomento di cotal materia, hauerete per amica la Pacienza; Imperoche v'è chiaro ch'egli non ſape, ne pote, ne vole, più che tanto. Et ſe ben'egli, ſapeße, poteße, ò voleße più alto ſalire; i minacci di ſuoi Clienti, & le querele, il mormorar de le Corti, & le bugie, (à le quali anch'egli biſogna ſtudiare) li probibiſcono, il compiacerui più di ciò; benche le calumnie de gl'inuidi, l'auaritie, & l'ignoranze de molti, l'habbin tolto al meglio, lo ſpirito di Poetare; & per ciò al fine ſi vedrà, & à l'vno, & à l'altro mancare. La onde egli, così como l'hà ritratta in breue ſpatio, ne la qualità che ſentirete, rubando, & da Poeti, & da Hiſtorici Latini, & Greci, i loro capricci, & le bugie di quelli, ridurre in apparenza inſiememente con le ſue: Così parimente non cura punto d'alcuno errore, che vi appare, ne de la qualità de le rime, ne de la diuiſione. Nè che l'habbia dato il Titolo di Tragedia, come che in quella ſi ricerchi ſtile, & più alto, & più ornato. Imperoche laſcia la facoltà, à gli altri futuri, & à i preſenti ancora, di

giungere, & di mancare, che egli pure di ciò si contenta Benche con l'otio ch'egli hauesse, potrebbe (& forse potrà) imitare quel sauio, che cominciò à cantare. Di Donne, et Caualliier, l'Arme, & gli Amori: che poi riformando, disse, Le Donne, i Cauallier, l'Arme, & gli Amori; Onde col tempo, & con l'agio, ch'egli hebbe, ridusse la gloria a sua impresa, che tanto alto sormontò, che primo & vltimo diuenne; Nè temerà parimente porla in Stampa, accioche vadino, & questa, & le due prime, frà i mormuratori, i quali al fine puro diranno la merauiglia de la sua picciola penna, la quale volendo scriuere vn giorno, Tragedia, & versi, scrisse, Supplica, & Articoli: che sapete ch'egli veramente non è molto vso trà queste ciancie (che così io li chiamo, poiche al dì d'hoggi, mercè de la pessima nostra etade, più agradano le sfacciatagini delle cose sciocche, folle, vane, & di pessimi essempi, che le graui, le accorte, le honeste, & di ammaestramento di viuere) Egli (sapete,) mai non assagiò del fonte d'Helicona, solo de l'acque del suo pozzo: nè al suo giardino mai Lauri nacquero, altro che Ortiche, Triboli, & Pruni, con certe pochissime Rose, che per gratia, li concede l'amata Mergellina, (che questa, è la sua Musa, Poi che Clio con le compagne, si danno il buon tempo, con centomila Poetucci, & Poetoni). Ascoltaretela, adunque, & come sarà ridotta, in Stampa, legetela, ch'almeno farete quell'utile, al vostro Scoto, Impressore di quella. Et se à voi Gentil'huomini, piacerà qualche cosuccia, nè darete vanto à la buona Fortuna, che egli non è di tanto: & appresso poi à queste belliss. Gentildonne, da le quali ogni ottimo, & ogni perfetto deriua. Ringratiarete parimente quei vostri

Giouani Napoletani, che così amoreuolmente la rappresentaranno, li quali, non per desio d'interesse, ma solo per loro diletto, & per agratarui. (Como che sono amici de le vertudi, & amoreuoli di voi) à tanto si adopraranno. Il Prologo, non aspettate che vi si rappresenti, per che l'Argomento è palese, & l'odirete da Proserpina, c'hor hor sdegnosa, raccordeuole del Pomo, verranne à minacciar tanta rouina. Nè prenderete spauento di sua apparenza, perche non potrà mai ella con le sue faci Infernali, recarne tanto, che non sia maggiore il diletto, che date voi bellis. Donne, con le vostre Angeliche figure: & frà tanta giusta crudeltade, & conueniente vendetta, sentirete anco particella di dolcezza, & di Pietade, ascoltando, & mirando quel che quì si trattarà.
Ma ecco c'hor'ella viene,
mi parto.

L'INCENDIO DI TROIA

TRAGEDIA.

D'Anello Paulilli Napolitano.

ATTO PRIMO.

Giunone in Proserpina, con le Furie Infernali.

NON Quale al prim
Ciel, Giunone inuitta
Oue, di Gioue, & Sore
& Sposa, io regno;
A cui Phrosiuna, Ar
go, Micena, & Samo
M'ergon i sacri Altari, ou'è desertata
Di me la prole, &
Coniugio degno;
Nè qual trà Selue, & Boschi, humani mi chiamo
Cacciatrice Diana, come in Cintho,
In Epheso; in Algido, e' à boschi Sciti,
Riceuo in Riuerenza, i primi honori;

A

Ma qual nel più profondo Laberinto,
Del mio Regno di pianto, à i Stigei liti,
Mi temono; d'ira armata, esco io quì fuori,
Io, ch'à la dura Region d'Auerno,
Dono le leggi; Io pur ch'à i graui eccessi,
Di Nemesi, à la sua vindice destra;
Porgo giusto sopplitio, & pianto eterno,
Io, che gli figli d'Acheronte istessi,
Signoreggio à tutt'hor, e'n quella alpestra
Valle dolente, Cerbero raffreno;
Oue mi van d'intorno lusingando
Tema, Inganno, Dolor, Morbo, & Fatica,
D'Inuidia, & Pertinacia il fier veleno,
Et Pouertà, & Miseria, querelando
Sonno, Frode, Vecchiaia, & Morte amica,
Et tutti quei, che fur d'Herebo figli,
Hanno di questo mio Scettro, gran tema:
Oue il vecchio Charonte, mai non cessa
Condure, à li perpetui perigli
I condennati, per Sentenza estrema,
Di Lethe al fiume, con sua barca spessa,
Io quì, Io quì, Proserpina comparo
De l'Inferno Reina; Io son colei
Ch'in Cielo, in Terra, e' à gl'Inferi Triforme,
Reggo il Dominio. In Ciel, folgo, & riparo
Le Corna de la Luna, à i detti miei;
In Terra; frà le Selue, le mie orme,
Seguon le Ninfe mie, due volte sette;

Et [illegible]a come nel Cielo, & ne gli boschi,
Opro benigno effetto; hor tutta orgoglio,
[illegible], e [illegible]rabbia, opro vendette.
[illegible]ndo di Veleni, e tosshi
[illegible] Grechi; & a costor cordoglio.
[illegible] vogl'io l'empia Cittate
[illegible] rubbella; Ma d'vn sol, la colpa
[illegible]appaghi, vo, quest'empio Popol tutto,
C'hoggi [illegible] s'vdirà di tai, calamitate.
[illegible] quest'ira, che mi serua, & scalpa
[illegible]; così vedrassi [illegible]
Questo cor di velen, che mi tormenta;
Con l'empio Pastor l'Ida vedrassi,
Hauer del suo giuditio, il guidardone:
Et così [illegible] valle, vo si senta
La giusta sforza, & si vedranno cassi
[illegible]ei d'antiche delitie. A Thesifone,
[illegible] io [illegible] l'animo iracondo
C'hor verso, & c'hoggi, più che mai, tormento
Cresca, nel cieco carcere, à i dannati,
Fuoco, pena, dolor, pianto profondo.
Ch'io ben potei, fiamma, acqua, terra, ò vento,
Mouere al'hora à vn cenno perturbati,
Contra l'ingiusto Paride; & qual' Ino,
Qual Athemante, & Athamne audace,
A sì gran fallo, dar degno castigo,
A lor mal grado, à lor empio destino,
Che così come Ingiuria, aspra, & mordace
Reputaui tal'hor, che con nemico

A 2

Aspetto, ei diede à Vener la Sentenza,
Et quella giudicò di me più bella,
Con empia voce d'arroganza graue,
Di Pallade, & de l'altra, à la presenza:
Così vedrassi se la sua facella
Auanza il mio poder, che nulla paue
Ond'io lasciato accrescere il tormento
Da l'empia Aletto, & da l'aspra Megera,
Di Sispho, di Tantalo, & di Titio,
Che l'vn, non lasci, à suo graue lamento,
D'arder nel core, (con perpetua sera)
Di fame, & sete; mentre al duro effetto
Spera, con l'onda, à i labri suoi vicina,
Et co' i bei frutti, rinfrescar le labbia,
Piena hà la bocca al'hor di secca arena.
L'altro, non lasci mai sera, & mattina:
Recare il graue sasso, che con rabbia
Rappiglia, ch'ogn'hor cade: Et che gran pena
Accreschi, à quel che à le dolenti Rote,
Volge le membra, trà i ferri veloci
D'Aspidi auuinte; mentre eternamente
Ad Issione, cerca di far vote
Le viscere, di carne, ch'à gl'atroci
Duoli, cresce l'Augello aspro, & mordente.
Vò c'hoggi sia per me strage sì horrenda,
Et prendo ardir, di cosa far che mai
Non cadde in fiero cor di Tigre, od'Orso.
S'asconda in tanto il Sole hoggi, ne splenda,
Et nel più chiaro giorno, ammante i rai,

Anzi raffrena ouunque hor'è, suo corso:
Mesto, per non veder quel che potria
Far per pietà pietoso hoggi l'Inferno,
Ne volin per quest'aria, i vaghi Augelli,
Ma sol notturna, mal presaga, & ria
Schiera, vi giunga; & freni il moto eterno
Q è il mare; & sia turbato, & muti quelli;
E i Fiumi corran dietro à i propri fonti.
Ite Furie Infernali quinci intorno,
Et empiasi d'horror, d'odio, & di Morte,
La nemica Città; pria che sormonti
Febo à l'Occaso, & giunga al nuouo giorno:
Di funeral Cipresso, & d'herbe smorte,
D'Aconito, & nero Appio, il crin cingete:
Splenda al vostro apparir, terribil fiamma:
Et hoggi l'ira vostra, ogn'altra auanza.
Ch'io così appago la mia tanta sete,
La mia gran rabbia, che mi snerua, e' infiamma,
(Giusto sopplitio, à tanta empia arroganza.)

Sinone Greco solo.

SE Gioue, dal cui sen, depende ogn'hora
Degno castigo à i graui falli humani,
Et s'vgualmente porge grate orecchie,
A chi in lui spiega giuste preci fuora.
Perche sperar non deggio, à i casi strani
(Dou'io m'aggiro; e'l mio pensier si specchia)
Fin, al desir comun de tutti i Greci?

Però sicuro andrò per questi luoghi
De la Città nemica, ù non mi cale
Timor di Morte, stratagemi, ò prcci,
O d' i Troiani le lusinghe, e' i giuochi.
Ch'à Menelao, la fè promessa, quale
Verace io serbo, vò sortisca effetto,
Quanto le forze mie potranno oprare.
Così conuien serbar la Fedeltade
Ne le promesse cose, nel cospetto
De sì gran Sire, in opre alte, & preclare.
Et pormi à mille stratij, à mille spade.
Fede, non fù giamai tanto profonda,
Quanto in me viue per la Patria amica,
E' al Rè; ne più valor spiega hor le piume,
In sì dubbia Fortuna, od' in seconda.
Nè quì, pur temerò gente nemica,
Mentre così consente il diuin Nome.
Che per duo Lustri, il guerregiar sanguigno,
Habbia (à danno di Troia) vltima sera,
A ciò si quetin le già stanche menti
D'Argiui, che con Fato aspro, & maligno,
Oprati son contro Fortuna altera
Tant'anni esposti n' i contrari venti.
Com'hor già parme, consentir le Stelle,
Al gran principio de l'ordito inganno?
Che mentre Priamo, e' i conduttor di Troia
Dan fede, à le di noi date nouelle,
Credon; che stanchi per sì lungo affanno,
Per porger triegua à nostra tanta noia.

Habbiam rimesse à i venti nostre Naui,
Gonfie le vele, & sian gite à Micena,
Et Menelao, & Agamenone insieme,
Con l'essercito Greco, di duol graui,
Sian partiti con lor gran biasmo, & pena;
Senza hauer più di ritornar quì speme.
Nè van festosi, & spargon lieti carmi
Tutti Troiani, à nostro scorno eterno.
Ma eterno non sarà, (sì come io spero)
Che pieno si vedrà di Genti, & d'Armi
Ogni Troian Sentier, ch'io ben discerno,
Che di Pallade hor s'opra il magistero.
Del gran Caual la Mole, ch'à le mura
Hor stassi, che pareggia d'Ilio il Monte,
Minaccia stragge, & vltima rouina.
Ma pur m'assale al petto tema dura,
Ch'à molti, hà fatto spauentar la fronte,
Et stanno in dubbio. Tu del Ciel Reina
Casta Giunone, & tù Pallade inuitta,
Sì come hor più che mai vuopo nè sete,
Così mostrate à noi benigno il viso.
Che di voi pur si tratta, mentre afflitta
Di voi ogn'vna, le note empie, inquiete
Di Pari, castigate; poi ch'assiso,
Men digne giudicò voi, ne la valle,
Di Vener, c'hebbe il suo mal dato POMO.
Spirate forza à noi, spirto, & valore,
Che vinta in tutto l'opra così falle,

A 4.

Sia di Pari l'ardir superbo, domo;
Et à noi si torni il già perduto honore;
Et di voi si conosca la possanza:
Io sotto l'orme vostre, & vostra guida,
Lieto mi parto, & vò per Troia dentro,
Per sentir che vi s'opra; hor che m'auanza
Questa poc'hora inanzi l'Alba, fida;
Et men'andrò de la Cittade al centro,
Mentre ch'i Grechi Caualliéri armati,
Rinchiusi nel Cauallo, à me Sinone,
Tengon lor vita, & lor speme sepolta,
Et ch'i mille Nauili, stan celati
In Tenedo; al fauor di te Giunone,
Senza cui, la salute ne fia tolta.

Si parte, & và dentro la Città
per far la spia.

Policrate Troiano.

COme tal'hor, da varij venti, Naue
S'aggira à questa, hor'à quell'altra parte,
Contra il voler del suo fido Nocchiero;
Tal'io, trà dubbio, & tema, oue'l cor paue,
Vorei gire, & non gir; ch'à parte, à parte,
Parmi d'intorno quinci, ogni sentiero,
Di battaglie sanguigne esser al cimo,
Con le nemiche squadre in atto tetro.
Et doue il tardo piè, pigro si moue,
Al contrario ritrarmi, il core è primo;

Ond'hor mi fermo; hor volgo i passi adietro,
Et dal dritto camin, ni vado altroue:
Ch'vscito à pena trà le guardie fide,
Ch'à l'alte mura, & à le porte sono;
Non priue ancor di tema d' i Nemici;
Contra affanno, & paura, senza guide,
Questi poggi tant'anni in abbandono,
Questo lido, quei monti, & que pendici,
Vò riueder, per mio solo diletto.
Ecco, (mercè del Ciel) che trionfale,
Hor và la Città nostra, e'l nostro Rege
Priamo, vittorioso, al Real tetto
Hor viue, & spiega al Ciel sua gloria, l'ale,
Et più soperbo il nobil Scettro regge;
Che bastato non hà lunga stagione,
Ne men le pompe, & le ricchezze d'Argo,
Ne di cotal Città gli patrij Dei,
Ne d' i Ciclopi l'horrida Magione,
Dal cui ornato, vago, ricco, & largo
(Priuo di Fati neghitosi, & rei)
S'ammanta ogni sudor di questa vita.
Per ciò potrà di tutta l'Asia altera
Portar le Palme co'l veloce Carro
Il mio gran Rè, ver cui, la gente ardita
Veggio in contro venir, mostrando vero
D'allegrezza nouella, segno; Io narro,
Solo per disfogar l'ardente sete
C'hò, di vedere il mio natio terreno,
Non più del sangue human bagnato, e tinto,

Ch'è tempo homai di porgere quiete
Al Popolo doglioso, ò darli almeno
Triegua, che non si veggia in tutto estinto.
Hor mi souuien de l'atto empio, & nefando
Di Paride, che meco in Argo giunse,
V fece il Ratto de l'amata sposa
Di Menelao, ch'amando, & lusingando,
De l'Adultera, il core, à vn cenno, punse,
Senz'hauer l'occhio à l'opra insidiosa,
Io fui di ciò presago, anzi indouino,
Io preuidi ch'i Regi han la man lunga,
Et mi fù à gl'occhi d'Hecuba, la face,
Ch'al parto, in sogno à Pari hebbe vicino.
Che par che'l rimembrarui il cor mi punga,
Quando con sì gran fausto, gloria, & pace
Agamenone, & Menelao cortesi,
A la Reina, il Forastiero in fido,
Diedero in guida. Onde ben'io consento,
Che giusti stati siano i graui pesi,
C'haue Troia sofferto, & troppo il fido
Fauor, de sommi Dei l'hà tolto, & spento
Sì graue incarco, poi che fuor di spene,
Siano quinci partiti i Greci tutti;
Onde à i primi diletti tornaremo,
Certi di non più hauer tormento, ò pene.
Ma veggio Enea, fuor di cordoglio, & lutti,
Pari, & Chorebo, ch'è d'Amor non scemo.

Paride Troiano.

Enea Troiano.

Chorebo da Mida, Innamorato di Cassandra.

Policrate.

HOR ben potremo il glorioso fine,
Che la piaceuol Madre de gli Amori,
Concesso n'hà, dopoi lunghi perigli
Godere, & le nostr'opre pellegrine
Serbar nelle memorie, in degni honori.
Hor noi di Priamo inuitto, alteri figli,
Superbi andremo; indeboliti, & domi
I Greci, fuggiran l'Impeto nostro,
Da lor ben conosciuto. Io più di tutti
Altero, andronne, & più pregiati nomi,
Et Titoli, & Trophei, & Oro, & Ostro,
Meritan l'opre mie, con più bei frutti.
Et s'Hettore, di noi più coraggioso
Si vide; i nostri gesti alteri, & saggi,
Non superò gia mai; ch'io degno fui
Giudicato da Gioue, nel dubbioso
Dono del POMO, in quei luoghi seluaggi
D'Ida, giuditio far di casi altrui.
Ne cosa io vi trattai fragile, ò frale,
Ne d'opra di Mortai, che presto passa,
Ma sol d'estrema, & rara merauiglia,
Ch'iui, vittoriosa, & trionfale
Fu Venere à mie voci; afflitta, & lassa

Gì Pallade; Giunon turbò le ciglia;
Perche di quelle, più leggiadra, & bella
La madre delle Gratie, io giudicai.
Io poi così gran fatto, conosciuto
Fui di Priamo figliuolo; & tal nouella
Festosa Troia fè più che già mai;
Io Paride, da tutti poi temuto,
Lasciai le selue, & la capanna humile,
Oue dandato io fui, quando nel ventre
Graue, Hecuba di me, sognossi al'hora,
Facella partorir, che sogno vile
Poi giudicossi da ciascuno, mentre
Ch'ogn'vn mi riuerisce, ogn'vn m'adora.
Io, sotto raggio di Stella amorosa,
Con le nouelle Naui, al Sigeo lito
Gì, per l'acquisto del promesso dono,
Che la tua Madre fè, d'esser mia sposa
La Figliuola di Tindar: Sbigottito
Mai non sentimmi; mentre ch'io ragiono
Con Menelao, & Agamenone insieme,
Che scioccamente lor moglie, & cognata,
A vn cenno, al forastier diedero in preda.
Io, eloquente, & forte, in dubbia speme,
Talmente al'hora f[illegible]i, ch'amica, & grata
Giacque al mio sen, la figlia alta di Leda;
La quale per destin de sommi Dei,
Et per merito vgual de mia Sentenza,
Hor meco godo in Troia. Ne il potere
D'Africa tutta, ch'in continui homei,

Tant'anni è stata; ne men la presenza
Del forte Achille; ne le voglie fiere
Di Pirro; ne d'Vlisse inganni, ò frodi,
Potuto han conturbar nostro diletto.
Anzi ripieni sol di biasmo, & scorno,
Quinci partiti sono; & noi con lodi,
Vittoriosi, & fuor d'ogni sospetto
Rimasti in lieto, & fortunato giorno.
Onde, pietoso Enea, Chorebo amato,
Potremo riueder queste contrade,
Tant'anni oppresse; & render gratie à Gioue.

Pelic. *Aih rimembranza amara, aih duro Fato.*
Ch'vn sol tuo errore, inuolta in tante spade
Hà Troia, ou'anco oltraggio porge, & muoue.

Enea. *Paride, è di natura d'Huom ch'Impera,*
Del desiderio suo scorger la meta;
Et maggiormente quando morde, & preme
Del proprio honor la gelosia; guerriera
Ne l'animo turbato. Onde s'acqueta
Hor l'ira Menelao; pur sò che geme
Nel petto suo, l'ingiuria così graue:
Talche noi preueder sempre douemo
Il mal che nì sourasta; poi che atroce
L'offesa appar, ch'à te fù sì soaue.
Prudenza fia, non giungere à l'estremo,
Ma fuggir la giust'ira, quando coce;
Et se la bella mia Madre d'Amore
Vener, lodasti, oltra le due più vaga,
Pur poteui vietar questa Sentenza,

Et non ponere il Mondo, in tal furore,
Et ne li petti nostri eterna piaga,
Ma hauer graue pensiero, & prouidenza.
Chiar'è, ch'il Foco suo scalda gli Dei,
Cui Papho, Gnido, Amato, & Cipro, porge
Per sua tanta beltà, lodi mai sempre.
Ch'è quella, ch'ogn'hor scema, & porge homaij
Dal cui bel sen, souente Gratia insorge,
Sempre mostrando amate, & dolci tempre,
Ch'io ben come suo Figlio à lei diletto,
Così l'honor. Ma tu Paride, al'hora
Ben doueui fuggir sì graue danno,
Et guardar, che de gli huomini l'effetto,
Non pareggia al Diuin, ma riesce ogn'hora
Fallace, & porge ogni piacere affanno.
Che se de le tre Diue, vguale, il raggio
Diceui, di beltà; pregio più degno
Tratto n'haresti ogn'hora, & non per cosa
Di poco dilettar, perpetuo oltraggio.
Sapeui di Giunon l'Ira, & lo sdegno,
Et se furore à Pallade si posa,
Se l'vna muoue al Ciel, gli alti Elementi,
A cui Gioue consente, à cui Nettuno
Cortese appare, & Eolo racqueta,
Et spinge al suo voler, rabbiosi i venti.
Se l'altra, spirto, & cor giunge à ciascuno,
S'à l'apparenza di Gorgon s'inqueta,
Se Scienza, & Valor mai sempre infonde,
Et se nostra Città la tiene in preggio:
Doueui ancor pensar, che pur non era

Per ingiurie sì graui, & sì profonde,
Menelao, di lasciar l'alto suo Seggio,
Et per vendetta, hauer l'vltima sera.
Che se partiti homai sian quinci i Greci,
Non par parte la taccia, che lor preme,
Et maggiormente che souuiemmi spesso,
Quel che Calcante, à le communi preci,
Ha lor predetto, mentre che si teme
Da gl'Argiui, il Dragon, ch'Aulido appresso
Apparue, quando i piani, & le campagne
Di Troia, empir di Padiglioni, & Tende,
Et le disse quel Vate, che la Fera,
Ch'i noue Augelli, & lor madre che piagne
Diuora, sù la pianta, in nere bende;
Significaua, che la turba altera
D'i Greci, al fine poi del decimo anno,
La Città nostra debelar doueua.
Nè per tema parl'io forse presente,
Che nemico furor, impeto, ò inganno
Mai non turbommi. Ma che si rileua
Il giuditio comun, che nulla sente.

Polic. Come si serba il sommo de gli honori
A i franchi petti, & come Enea ne mostra
Co'l suo giusto giuditio, il chiar, da l'ombra.

Chor. Deh sì v'accrescha il Ciel sempre fauori,
Hor ch'altera ne và la Città vostra,
Et de l'Arme il romor non più n'ingombra,
Lasciam cotal pensiero: & non vogliamo
Parlar più d'Ira, ò ragionar di Morte.
Et poi che'l vostro Rè, và trionfale,

Diam gratia à i Dei; Et voi, nel fin, ch'io brami
Douete indurmi, à ciò mia pena forte
Si scemi, & manchi il mio continuo male.

Par. Conuien Chorebo, & consentire io deggio
Al tuo desire, come che d'Amore
Ben'io sofferſi i dardi, & le fiammelle.

Enea. Mentre intenti d'Amor, voi parlar veggio,
Queste contrade io vò veder quì fuore,
Et sian benigne à voi sempre le Stelle.

Si parte con riuerenza.

Polic. D'Enea io l'orme à me sì grate, & care,
(Hauendo homai da pianto gl'occhi asciutti)
Seguirò, intorno à mia Città superba;
Anzi più de l'vsato, vò mirare,
De l'eßercito Greco, i luoghi tutti,
Et se vestigie alcuno vi si serba.

Si parte con Enea.

Chorebo Innamorato di Caſſandra.
Paride Figlio di Rè Priamo.

Chor. DVnque, direm d'Amor gli Strali, & l'Ar
Paride mio, & che d'Amor l'Impero
Signoreggia de' Regi le Corone.
Noi cantarem sue lodi; Noi che carco
Serbamo il cor di fiamme, & che'l pensiero
Hauemo intenti à sì giusta cagione.
Io, che'l mio Regno, & la Città nouella,
Che'l mio padre Midon, Midonia chiama

D'amore

D'Amore arso, & gelato, hò messo in bando;
Tu, ch'vgualmente in mezzo rua procella,
A rischio tal, mosso d'ardente brama,
Dal seno altrui, amando, & lusingando
Il diletto trahesti: A noi, mai sempre
Narrar conuien, con humil voce ogn'hora
Di Venere, il valor, cui seruir bramo.
Noi, che versate, in lacrimose tempre
Le luci hauemo, & che spargemo fuora
Caldi sospiri, & siam qual pesce à l'hamo.
Ma te felice, più de gl'altri amanti,
Che se ben tanto ondoso mar varcasti,
Giungesti poscia, al fin di tua fatica.
Io sol di speme viuo, Io di cotanti
Sospiri, ingombro l'aria, Io à i contrasti
Son di Fortuna auuersa, à me nemica.

Par. Animoso Chorebo, il graue peso
Che d'Amor soffri, à me preme in tal modo,
Che partecipe teco esser vorei.
Pur soffrir ti conuien l'animo acceso,
Et pugnar con Fortuna sempre io lodo;
Con sperar nel fauor de sommi Dei.
Io combattei, sperando à l'alma Dea,
A quella, cui scherzando van d'intorno
Lasciuetti Colombi, & bianchi Cigni.
Ella spirto mi diede, ella à sì rea
Tempesta, fè poi lieto il mio ritorno,
Tranquilli i mari, e' i venti sì benigni.
Io, quando al core altrui, posi ma speme,

B

Et che promeßa in marital catena,
Helena fammi da la Dea Amorosa,
Lasciai le Selue, e' i patrij Regni insieme.

Chor. Enone, Ninfa, sò ti diè gran pena.

Par. Dicd'ella: Et era vita assai festosa
In Ida: mentre in quei monti, in quei piani
Dau'io le leggi; & à le Selue, à i Boschi,
Tutte le Ninfe, Satiri, & Pastori
Custodiua, n' i casi auuersi, & strani,
O nel sereno giorno, ò à i raggi foschi
De l'atra notte; Io germogliar fea fuori
Tutti, nel mio apparir d'alte speranze.
Giorno non fù, che di festosa fronde
Non fuss'io adorno; e'à me (qual sacro Altar)
S'offriuan gli honori primi, e'n giro danze.
In ogni parte in note alme, & giocondo,
Teßean ghirlande appiè de l'acque chiare
Di Simo, & feanmi dilettosi balli.
Vì si vedeua la Giouenca, e'l Tauro,
Coronati di rose, à le pasture,
Lieti, & superbi, errar, per quei bei calli.
Spento era iui il desir d'argento, od'auro,
Ma sol d'armenti, & greggi, eran le cure;
Iui sol canti di Sampogne, & Cetre,
Di famosi Pastori, quali à gara
Del mio nome sonar fean le campagne,
Ch'ancor iui à le fronde, & à le pietre
Diè, di me fama gloriosa, & chiara,
Che pur vi regna à i piani, à le montagne.

Et mentr'io ne le valli, & ne gli poggi
Vissi, orbo al'hor de l'alto mio lignaggio,
Pastor di Selue, bella Ninfa amaua.
Poi che del padre mio, ch'alter viue hoggi,
Io hebbi, & d'i fratei nouello assaggio
Ben lasciai le capanne, ou'io celaua.

Chor. Io sento cose d'alta merauiglia,
Che di Rè figlio, guida de gli greggi,
Per fragil tema di dubbioso sogno,
La madre dia, senza turbar le ciglia.

Par. Fù più stupor, le membra, e' i luoghi egreggi
Giudicar de le Diue; ù fù bisogno
Rossir, temer, amar, sperar, & dare
Degno giuditio, d'opre alte, & diuine.

Chor. Fù la Sentenza tua giusta in quel punto,
E ti fù vanto il dritto giudicare,
Ma son le Gratie, ond'ardo io, pellegrine,
E troppo e'l foco, ou'à morir son giunto

Par. Auanzò la mia fiamma, ogn'altro ardore.

Chor. Come potcui amar cosa non vista?

Par. M'innamorai nel grido de la gente:

Chor. Nostr'occhi, sono due fenestre al core.

Par. Il desir di veder, tanto più attrista.

Chor. La veduta beltà, sempre è presente.

Par. La sete di vederla era mia morte.

Chor. Desio di cosa incerta, par sia vano.

Par. E tanto più il desio, desire accresce.

Chor. Per certa cosa, io soffro stral si forte.

Par. La vista, poi mi diè duolo più strano.

Chor. Più bella à mè, ma più cruda riesce.
Par. Vsai grand'arte in ottenere il dono,
Chor. Vener ti fù cortese, e' à me crudele.
Par. L'harei rapita da l'Inferno ancora,
Chor. Mille morti soffrir disposto io sono,
Ma non pur con lusinghe, ò con querele,
Turbar la pace altrui, doue hor dimora.
Par. M' intenerisce il cor di voi pietade,
Et vorei modi sodisfar tua voglia.
Chor. Potete voi Signor farmi felice.
Par. V'accende di Troiane alta beltade?
Chor. Quinci risorge mia continua doglia.
Par. Qual Donna è in Troia simil che vi lice,
Sendo voi figlio d'alto Rè possente?
Chor. V'è quella, ch'è Regina del mio Core;
Vguale al nostro stato, e' à la grandezza.
Par. Hebbe il mio Priamo assai l'animo ardente
Vn tempo, à voi mostrar segno d'Amore,
Sendono vostre nobiltà, & altezza,
Sì note; & dar de le sue figlie alcuna
A uoi per sposa. Chor. Et hor. Par. la lunga guerra
Piena hà la mente sua d'altri pensieri.
Chor. Deh Pari mio, sò che non è digiuna
Tua mente di pietà. Tu puoi, sotterra
Pormi in vn cenno, ò far miei voti alteri.
Ch'io sol per tal cagione, il Regno, e'l padre
Lasciai; spreggiando quanto v'è di bello,
Quant'è di buon, quant'è di vago al mondo,
Gli accoglimenti de la cara madre,

Et eßer volsi à me steßo rubello,
Ogni seren fuggendo, ogni giocondo;
Ch'ogni buono, ogni bello, & ogni vago,
Ch'io veggio, ſpero, & cerco; è à la beltade,
Et nel buono, & nel vago di Caßandra,
Sorella tua: Et s'importuno, & vago,
Hor me ti mostro; tal calamitade
Ne sia cagione; ch'io qual Salamandra
Viuo à le fiamme. Questa io bramo meco
Hauere in Donna, E per ciò il padre mio,
D'armi ſuperba, gente bellicoſa,
Ne l'aßedio di Troia diede: ù teco
Hà mostrato à tutt'hor l'alto deſio,
Per Caßandra hauer Nuora, ell'io per ſpoſa.

Par. Chorebo mio, l'animo tuo ch'è inuitto
Raffrena, & s'io fin qui, n'i lunghi affanni,
Amico t'hò ſerbato; hoggi Cognato
T'accetto; e'l graue duol che t'hà ſi afflitto,
Riponi in tutto, e' i tuoi giouenili anni
Riuolgi in lieto auenturoſo stato.
Tu ſarai di Caßandra, & Spoſo, & Donno,
Et d'Hecuba, & di Priamo, gener caro
Quanto di gli altri Cento. Ond'hoggi festa
Faraſſi in Troia; doue più non ponno
Noiar gli Argiui, & tu di stato à paro,
Meco auanzi Fortuna sì molesta:
Andiamo hor dentro nel Real palagio,
Ch'al mio Rè narri ſi benigna ſorte.

hor. Gitene voi signor, ch'io render voglio
A la Madre d'Amor gratie à bell'agio.
'ar. Non più si parli homai d'Ira, ò di Morte,
Ma scemate dal petto, ogni cordoglio.
Si parte Paride con riuerenza.

Chorebo solo.

Prece.

TV Che fiammeggi à l'amorosa stella,
O madre de le Gratie, & de gli Amori;
Che regni al terzo Ciel: se del tuo Marte
Godi sicura, i stretti abracciamenti,
Senza temer del rio Vulcano l'arte:
A la mia nauicella,
Ch'è trà dubbia procella,
Spira la tua dolce Aura, e' i tuoi fauori:
A tal si senta in si benigno giorno,
Citherea, Citherea, quinci d'intorno.
Deh sorgi ò Stella, de le Stelle, Stella.
Deh sorgi, ò Stella mia, ch'il Cielo aprendo,
L'aer rischiari; il core apri, & allumi
Di questo Rege, e'l giorno desiato
(Per vscir fuor di tant'aspri tormenti)
A mè riporta, s'il tuo Adone amato
Vadi sempre godendo;
Pietà di mè, ch'ardendo
Di mia Cassandra, à i raggi di bei lumi,
Viuo morendo: Et s'odirà in tal giorno
Citherea, Citherea, quinci d'intorno.
Deh sorgi, ò Stella, de le Stelle, Stella.

Deh sorgi ò Stella mia, s'à te simile
Beltà non regna; & se Cassandra mia
Cosa non hà simil, ben poss'io dire,
Ch'ella à te sola, qual tu à lei consenti,
E'l mio grato focile,
E pari al tuo gentile.
Per quanto amasti Anchise, apri la via,
A ciò s'acqueti il mio caldo desire,
Et cantar facci in sì festoso giorno
Citherea, Citherea, quinci d'intorno.
Deh sorgi, ò Stella de le Stelle, Stella.
Deh sorgi, ò Stella mia, ch'à gl'alti giri
Luce non è, ch'al tuo nume s'agguaglia,
Nè foco v'è là sù, ch'al tuo somiglia,
Foco, ch'i Dei v'accende, & quì le genti.
Apollo il sà, s'à i cuori in merauiglia
Regni, & porgi martiri,
Si viui di sospiri:
Dà fine à l'amorosa mia battaglia,
A ciò si canti in sì leggiadro giorno,
Citherea, Citherea, quinci d'intorno.
Deh sorgi, ò Stella, de le Stelle, Stella.
Deh sorgi, ò Stella mia, ch'io ti prometto,
Mai sempre, in questo giorno, al nuouo Altere,
Al tuo bel nome, le Colombe, e i Cigni,
D'i verdeggianti mirti, à i fochi ardenti,
(S'augurio mi dimostri hoggi benigno)
Occider con diletto;
Spargendo dal mio petto

De l'inuitto tuo figlio l'opre rare,
Et farò che sì senta in questo giorno
Citherea, Citherea, quinci d'intorno.
Deh sorgi, ò Stella, de le Stelle Stella.
Ma che so, che parl'io,
Dormo, ò vaneggio; che mi sento il core
D'allegrezza ingombrar? Quest'è pur segno
Di tè mia Citherea, di gratia pegno.
Sei sorta, ò Stella, de le Stelle, Stella.

Si parte verso la casa di Priamo.

ATTO SECONDO.

Pallade sdegnosa, ricordeuole del Pomo.

IL Pauentoso Scudo di Gorgona,
Hoggi non giouerammi? & questa Lancia,
Lieue non si vedrà, più che saetta?
Non giouerà che'l mio nome risona
Sì fier, temprando con egual bilancia
Da l'ombra, il chiar? Non io farò vendetta
Giusta, del Pastor d'Ida; c'hor si giace
In questa ria Città, trà li diletti?
Il Sauer, la vertù, l'Ingegno, & l'Arme
Da mè non tengon spirto? & guerra, & pace
Non io concedo? gli aggiacciati petti
Non empio io di furor? Può spauentarme
Ne gli irremediabili accidenti
Cordoglio? & potrò volger in dolore
La mente? & non poss'io l'onta sì graue
Punire? & hoggi far chiaro à le genti,
Del pregio mio, il grado de l'honore?

Forse ch'il petto mio d'inganno paue?
Fors'io non reggo di Marte l'ingegno?
Et qual di Gioue figlia alta Minerua,
Non son'io di Militia l'occhio, e'l braccio
De l'Armi, & de gli Esserciti sostegno?
A giusto sdegno, Fera empia, & proterua,
Qual viue più di me? s'il ver non taccio,
Vergin non mi serb'io trà tutti i Dei?
Ithino, Nea, & Aracinto insieme,
Non mi spargon mai sempre degna prece?
Non mi honorano pur d'honor Sabei?
D'ardir, non armo il cor, che nulla teme
A i miei seguaci? Et Amphiarao non fece
Contrari i voti suoi, con morte fera,
Che co'l fratel, di Thebe à l'alte mura
Volser meco pugnar? Arte, & ragioni
Ne le guerre, io non dò? Nipote altera
Di Saturno io non son? che casta, & pura,
De le vittorie, intendo le cagioni?
Quest'ira dunque oue rabbiosa io viuo,
Non sfogarò? la mia vindice desira
Infangata non fia nel sparso sangue
Del Popol rio; c'hor di salute è priuo?
Hoggi, non si vedrà cruda, & alpestra
Questa giornata ria, c'hor par che langue?
Così saprassi, la Sentenza ingiusta
Di Paride, sì fù: Così vedrassi
Se Vener può schiuar tanta rouina;
Et s'à Troia, c'hoggi è di pianto onusta.

Potrà soccorso dar; s'l duol c'hor stassi,
(Qual nube sù palude, la mattina)
Torrà; c'hoggi son tutte l'empie Stelle
Congiurate. De i Dei, chi si quieta
Nel comune voler de gl'altri Dei;
Chi consente à la stragge; & chi rubelle
L'Arme rinoua per l'ingiuria victa:
Sorti inique, Influssi empi, & Fati rei
Parecchiar tutti. Gioue ancor consente
Che l'ira sfoghi sua Sorella, & Sposa,
Memore del giuditio sì proteruo.
Nettunô, i Dei del mar sprona, e'l Tridente
Aguzza, & và per l'onda sua squamosa,
Irato, à guisa saettato ceruo.
Et mira Apol, che la Faretra, & l'Arco
Con la Lira ripone, & d'ira tinto
I raggi occupa nel meglior del corso,
Come ch'ad ambi duo, diuiene carco
Il cor di sdegno, mentre appar depinto
L'atto sì ingrato, quando nel soccorso
Di Laomedonte, fur pronti, & humili
Nel primo edificar del Troian muro:
V negato li fù l'oro promesso
Da l'empio Rè, ch'i sdegni poi virili
Accrebber; ch'i Troiani oppressi furo
Dal tempestoso mar, ch'iui era appresso.
Et s'Hercol li prestò soccorso allora,
(De i duo destrieri, nel promesso dono)
Hoggi vedrassi più che mai turbato,

Contro la ria Città, memore ancora
De la non data offerta; & s'arma al suono
Di Trombe; & hoggi apparirà quì armato.
Io sempre, fin che le reliquie sole,
Arse non sian da le voraci fiamme,
Queta pur non vedrommi, & ch'à pietade,
Non ne sospire ancor la Luna, e'l Sole.
A questi Greci, il petto vò s'infiamme
D'orgoglio, & aguzzar lor Lancie, & Spade:
Farò splendenti gli Elmi, & smorti quelli
Di lor nemici; apparirò nel mezzo
De la battaglia, co'l superbo Scudo.
Imparino tratanto, i miei rubelli,
Il dritto giudicare; & quete, & mezzo
Impetrar meco, ch'il mal'apro, & chiudo.
Si parte verso la Città.

Priamo Rè di Troia.

BEN *hor nè vò felice, hor ben chiamare*
Trà tutti, Imperador potrommi il primo,
Ecco, auanzo di gioia ogni Mortale;
Superbo, e' altero, il Ciel parmi toccare,
Vago del mio valor, sedendo al cimo,
Hor veramente inuitto, & trionfale,
Di miei Regni, gli Scettri, & le Corone
Sostegno, & sedo à l'honorato seggio,
Giunta la somma del comun desire.
Ecco quetate Pallade; & Giunone,

Et Nettuno, & Apollo in tutto veggio,
Fuor de li sdegni, scarrichi de l'ire.
Hor dianzi, ben potrà la Città nostra,
I Boschi, le Pasture, & le Campagne,
Lieta, gioir, sicura, alta quiete.
Di noi, lo Scettro, più s'imperla, e' inostra,
Che d'ogni intorno à i piani, àle montagne,
Si scorgon gia sgombrar le squadre inquiete
D'Agamenone, & Menelao: & fuori
Da le capanne accanto, & da le ville
Veggio l'Arme riporre al patrio nido,
E' à gl'alti Dei sacrarli in degni honori.
I Bifolchi, potran l'hostili squille,
Quì ritrouate del nemico infido:
Et lor spade, cangiar co'l graue aratro,
Poiche (mercè del Ciel) l'horribil hoste,
Colmo de dishonor, non più s'accampa;
Ne più guerreggia in atto oscuro, & atro,
Anzi fuggite son le Naui opposte:
Nè d'ira, ò sdegno il Popol mio s'auuampa,
Che veggio homai, che di lucente ferro
Più non v'ornate, ne con spada in mano,
Di voi, l'vn, corre contra il rio nemico,
(Al cui dubbio furore ancor m'atterro)
Vago di lode, & pregio sour'humano,
Et memore de l'onta, e' inganno antico,
Tinger l'irata man, ne l'altrui sangue.
Onde la poca vita che m'auanza,
Goder potrò, senza turbar la fronte

Tu Chorebo, lasciato il duolo, ù langue
Dì te la vita, hor ch'è la tua speranza
Nel colmo del desir, fuor di fier'ente,
Godrai Cassandra, & tue nozze nouelle
Festose si faran per doppia festa,
Et fia tal giorno memore in eterno.
Trà tanto fia per sì grate nouelle
Allegrezza commune, & rieda questa
Giornata, colma di piacere interno.
S'apran le chiuse porte, & Melodia
Si senta d'ogni intorno; e' à i sommi Dei
S'ergbino i sacri Altari; & fiori, & fronde
In ogni luogo veggiansi, & hor sia
Giorno d'i giorni; & de gli honori i maei,
Si cantin l'opre inuitte, alte, & giocunde.
S'apreno le porte de la Città.

Enea.
Policrate. — Ritornano da veder
Panto Sac. Tro. — i luoghi.

Enea. L'Animo ben'accorto, il quale osserua
Ne le sue imprese, il bel decor del senno,
De gli affari, risguarda il fin mai sempre.
Così mai non s'inciampa, ò sia proterua
Fortuna, ò lieta. I duoli quali denno
I Greci, ancor nè fan meste le tempre.
Polic. De i Popoli il furor, cosa veruna
Trouar non può; Quant'è la riuerenza

D'vn Huom di graue autorità, (qual voi)
Però douete Enea, poi che s'aduna
In voi, Senno, Sauer, Pietà, & Prudenza,
Rappresentarui nel fauor di noi.
Vedete la Cittade, e'l Popol tutto
Sbigottito, ne l'alta merauiglia
Del gran Caual, ch'è de le mura accanto;
Tal che ciascun non và senz'occhio asciutto.
Et ne conturba, & fà ricciar le ciglia,
Mentre si narra, che per voto santo,
Don'è, per nostro ben, fatto à Minerua.
Mira ogn'vn l'edificio del Cauallo,
Altri lo temon; altri à l'alta Rocca.
Vuol si serbi; Con voce altri proterua
Gridan, che s'arda; Altri poi prende fallo
Si fusse pur d'Vlisse; & da la bocca
Spiraua quasi veleno, e'n mezzo l'onde
Voglion, s'attuffin gli sospetti doni;
Altri vuol s'apra il voto corpo, & dentro
Si cerchin le cauerne sue profonde;
Altri donan di ciò varie cagioni,
Et li penetra duol del petto al centro.
A voi stà il prouedere, acciò non sia
La Città, sotto fuga del nemico,
Frodata; & doppia nostra ingiuria, & scorn
Pant. Voi, da Real origine, la via
C'hauete, & imitate ogn'atto amico,
Con la bontà del vostro petto adorno,
Douete aitarni. O de la prole altera

Di Gioue; il qual, da Elettra, d'Atlante figlia
Dardano generò, che'l nome diede
A i primi Regni; da cui prole vera
Nacque Eritonio; onde il bel ceppo piglia
Troil, pietoso, & giusto, il qual fè herede
Ilon, (figlio maggior) ne i Regni suoi;
Ch'Assaraco fratel, vols'esser sciolto
Da i perigli, ch'à i Regi sourastanno.
D'Ilon, Laomedonte nacque poi,
Che queste mura, con thesauro molto
Edificò, ch'ancor nume sacr' hanno,
Perche li dier fauor Febo, & Nettuno.
Da Laomedonte, Priamo diuiene,
Di trenta sette figli inuitto padre.
Ma d'Assaraco, figlio fù sol'vno,
Capi, d'Anchise padre: onde peruiene,
Et da la bella de le Gratie Madre,
Il nume chiar di voi: tal che voi sete
A Priamo nipote, & grato à Dio.
Et sendo tal vostra vertù natia,
Ne gli graui accidenti che vedete
Piacciaui oprar la mano, & l'occhio pio.
Che del Caual la Macchina, non sia
Nouello stratagema, ch'io vorei
Che quinci si togliesse, & nel Castello
Si riponesse trà custodi; & prima
Così preueder forsi à Fati rei,
Et consultare in questo intoppo, e'n quello,
Di noi vietando il duol, c'hor stassi in cima.

Enea

Enea. S'è vero il grido, ch'à la Turba vscio,
Che'l santo Oracol fatto habbia palese,
Ch'à la pudica Dea, figlia di Gioue,
Il gran Caual sia sacrificio, e' à Dio,
S'offra tal don: cagion d'aspre contese
Al Popolo è di torlo; Ma s'altroue
Tende la frode, ò pur s'è ordito inganno
Di Greci; hauer douemo altri pensieri;
Ch'io, per quel lume, ch'ogni lume auuiua
V'assicuro, che s'è per nostro danno;
Far cosa à tutti poi Grechi guerrieri,
Che la memoria mia, perpetua viua.
Et tutte quelle forze, c'hauer pote
La mia fiorita età giouane, & verde,
Adoprare, in seruigio di voi tutti.
Ma il vaticinio di Calcante, vote
Non fà le genti di stupor, che perde
Il vigore ciascun, mentre condutti
Fur di Greci in Aulido i Padiglioni,
Oppressi al'hor di pestilenza ria,
Che'l vate poi nel Tempio di Minerua,
Hebbe il risponso di sue voci à i suoni:
Cui disse, che s'al'hora Ifigenia
Figlia d'Agamenon, (voglia proterua)
Non s'immolaua di tal Dea nel vanto;
Che mai non si scemaua tal ria peste,
Nè di lor guerreggiar s'hauea buon fine.
Ma se s'offriua in sacrificio santo
La vergin, tutte quelle aspre tempeste

C

Tolt'erano, & lor'opre pellegrine.
Onde poi che fù vccisa la fanciulla,
Quella calamità scemossi à vn cenno,
Et indi in poi l'essercito fù lieto.
Et però Pantho immagino, che nulla
Forza, più resti à i Greci, che già denno
Le vele à i venti, & Menelao stà queto.
Pant. Signor, hor è nel fin del Decim'anno,
Che mi souuien, che voi deste il consenso,
A Menelao tornar l'amata moglie.
E tenato fù eccesso di gran danno
Che fè Paride al'hora, e' ardire immenso,
Rapir la Donna al Rè, per sciocche voglie.
Sò che l'istesso Menelao, & Vlisse,
Con Palamide, d'Argo, in Troia furo,
Et dimandar con humiltà la Greca.
Enea. Palamide fù quel che'l fatto disse
A Priamo, & à noi, e' Vlisse pure;
(Che tal memoria angoscia ancor mi reca.)
Et per che Pari, al'hor non era in Troia,
Ma di Sidonia, à la sanguigna guerra,
Oue vccise quel Rè: Priamo à colui
Non consentì: ma pien d'ira, & di noia
Disse; Accusar l'assente, & por sotterra
Il decoro, l'honor, la fama altrui,
Conueneuol non parmi, che l'accuse
Da li presenti vengon ributtate.
Così fur differite lor querele.
Pant. Souuiemmi: che il consiglio non esclusé

I Meßaggier: ma eßai fur' incolpate
L'opre di Pari, al'hor certo infedele.
Enea. Anzi, poi ch'ei con le nouelle aui
Ad Ilio giunse, per tal'atto strano
Nessun Troian mostrolli amica fronte,
Ma per ciò, tutti di cordoglio graui.
Propose 'l caso Priamo, in atto humano,
Al cospetto d'i figli, & hauea pronte
Voglie, di render Helena al suo sposo.
Et ben che si mostrasse alcun restio,
Come che fusse per timor d'Argiui,
Pur al pensiero d'Helena, dubbioso
Stette ciascun: di cui s'odì fauella,
A lor cospetto, & poi così diss' iui.
Sapete tutti (Argiui) ch'io deriuo
Dal nobil sangue de Troiani; & chiaro
Agenor di Fenitia, v'è à la mente,
Superbo Rè; dal cui bel seme diuo
Venir Taigeda, & Hecuba, al preclaro
Priamo, hoggi moglie, c'hor quì stà presente.
Da Taigeda io dependo; Ella fù madre
Di Lacedemon, donde Muscol nacque;
Dal quale Ergal; da cui Ebal fù nato,
Da Ebalo venne Tindaro mio padre:
Et vi raccordo, (& sò ch'ogn'hor vi spiacque
Che la mia madre Leda, hà parentato
Con Hecuba, per che Fenicio, il figlio
Anco d'Agenor, ciò mi fè palese.
Ond'io v'affirmo, che la mia partenza

D'Argo, fù pronta, & ciò non turbi il ciglio
Di voi, che Venere anco ciò concese,
Per sua sì giusta, à me grata Sentenza.
Però riprender altri, non conuiene,
S'à tanto io consentei; n' il mio marito
Doueua la preda offrire al cacciatore.
Io son di Priamo nora, & la mia spene
In Paride dimora; à me è sparito
Ogni pensiero d'Argo, & lungi è fuore.
Nè questo, ingiuria reputate voi,
Ch'io la prima non son trà le rapite,
Che sapete, che Gioue pur si vanta,
Hauer dato di ciò, gli essempi à noi,
Quando per aspre vie, lunghe, & romite,
Riuolto in fiamma rigida cotanta,
D'Asopi tolse la figlia; onde nacque
Eaco, di voi predecessore altero.
Europa ancor rapì cangiato in Tauro,
Et con la figlia d'Inaco si giacque
Soauemente; che tal'atto fiero
Giunon non si soffrì. Quel che di Lauro
S'orna le tempie, non rubbò Marpissa?
Plutone il Dio, Proserpina non tolse?
Il padre di Narcisso, non condusse
De l'Occean la figlia? e'n graue rissa,
Hercol, Pirena prese, & seco volse:
Augena, de Diana Ninfa, dusse
Anco à cordoglio de la Dea, & con onte
Del Rè d'Arcadia; & le cinquanta Sore

Thespiadi, in sola memorabil notte.
Et se ciò non vi basta, io farò conte
Opre simil de vostri Auoli; & fuore
Palesarò di voi, le Fedi rotte.
Così diss'ella, ch'era in dir gran spatio,
S'impedita non era: oue ciascuno
E Troiano, & Argiuo al fin quietossi.
Fol. Con sospir mi raccordo del solatio
C'hebber de Priamo i figli; & l'importuno
Deifobo, ch'à i Greci empio mostrossi.
Enea. Et quantunque, à sì fatte aspre risposte
D'Helena; Vlisse, & Menelao doglioso
S'opponissero; & con protesta graue
Dicesser, che per giusto, & aspero hoste
Hauesser'ogni Greco, & odioso,
Con rimembrar le ingiurie così praue
Di Pari, & minacciando à noi Troiani
Vendetta, strage, & vltima rouina,
Per giuditio anco giusto de gli Dei:
Però nulla curar de i casi strani,
Nè di tali minacci, nè s'inchina
Al ben comune, alcun d'i figli rei
Del nostro Rè, tal che lo sdegno accrebbe
Tanto, non solo à i Greci, e' à l'Asia intera,
Ma anco à le nostre prossime contrade:
Et per ciò s'è veduto, se l'increbbe
A nostri promontori onta sì fiera,
Che fur del sangue human tinte le strade.
Ma è pietà d'i Dei, che l'empio eccesso

In tuttò non castigan; poi ch'al fine
Sono partiti i Greci; ma non parte
Di Menelao l'ingiuria, che l'è appresso.
Ma andiamo, ch'à le nostre cittadine
Donne, darem grate nouelle in parte;
Mentre voi Pantho, à Febo amico grato,
Quando spargete incensi à i sacri Altari,
(Fido ministro, & degno Sacerdote,)
Pregarete quel Dio, che d'ira armato
Più non si veggia, anzi suoi raggi chiari
Dimostri à queste genti à lui deuote.
Si parte Enea. con Pantho.

Policrate solo.

IL mancar de gli ossequi à i sommi Dei,
Mai sempre è pregiuditio de la gente,
Onde conuiene à sì dubia Fortuna,
Pregar, si tolgan fati acerbi, & rei.
Ma Laocohonte vien molto repente
Di dentro, ascoltar vò cosa ciascuna

Laocohonte.
Policrate.

L. QVando il fallire human, passato hà il segno,
D'hauer remission presso di Gioue,
C'hà trattenuto in correr di tant'anni;
Porger al graue error, supplitio degno.

Con speme pur, con le miserie noue
Che mutin gli huomin vita, & con gli affanni
Temon di Dio la sferza, che l'aspetta:
Et scorge poi che'n tutto impeggiorando,
Poco li cal questi minacci; Al'hora
Sì chiamarà di lui giusta vendetta,
S'à comune periglio, (non temprando
Con l'ira, la pietà, ch'in se dimora)
Farà nel fin giuditio vniuersale.
Questo pensier m'incenerisce il core:
Ch'il lume chiar de l'intelletto, veggio
A i Troiani smarrito; ne li cale
De l'oltraggio comun, graue timore,
Non preuedendo di Fortuna, il peggio.
Io qual Troiano, & Sacerdote fido
Del mio sacro Nettun, non mi sgomento
De l'Amor mio, mostrar segno viuace;
Et far palese, che tal dono infido
Che s'offrisce à Mineruа, al fin tormento
Minaccia, & turba il viuer nostro in pace.
Che quando graue ingiuria, morde, & preme
Petto nemico, ogn'hor tanto più cresce,
Quanto più tarda à far vendetta giusta.
Credo pugnare i spirti accesi insieme
D'Agamenone, & Menelao, cui riesce
Viua la piaga d'alta ingiuria onusta.
Et per ciò parmi ogn'hor pronto nè gl'occhi
Spettacolo sanguigno d'i Troiani;
Che sotto speme, che quinci partito

Sia l'Eßercito Greco, & stanchi, & fiacchi
I figliuoli d'Atreo, da noi lontani
Si veggian; serban tutti animo ardito,
D'ogni cordoglio sciolti, & d'ogni tema.
Io corro per mirare il gran Cauallo,
Di cui, dentro il Castel sol si ragiona,
Qual vuol Thimete, ch'à la più soprema
Parte, d'Ilio s'adduca; altri gran fallo
Temon d'Argiui: & non è quì persona
Che sappia di ciò dar giuditio vero.
Ma miracol, ch'auanza mente humana,
Ecco, che'l veggio preßo l'alte mura,
O ch'empio ordegno, ò crudo Magistero,
Salir vi cheggio, & con la mente sana
Mirare io vò la macchina sì dura.

Pol. Il Senno, la Ragione, & l'Esperienza,
Son sempre ne le mani de i fideli,
Et grati à gl'alti Dei, qual'è costui:
Vedere intendo, qual fia sua sentenza,
Et se i Troiani à gli occhi habbiano i veli,
Et s'han le menti oscure, e' i sensi bui.

Laoc. Qual'è vostro furore, ò Cittadini,
[...]ù le Miseri, & occecati? à che credete,
[...]ura. Ch'altroue giti sian vostri nemici?
Pensate ch'i lor doni à voi vicini
Sian senza inganni? & non accorti sete
(Priui in tutto di senno, & infelici)
Come per tante proue è noto Vlisse?
O ch'i Greci s'ascondeno in tal legno,

O che quest'alta macchina l'è fatta
Per scourir nostre case intorno fisse,
O per venir con arte, & con ingegno
Contro le nostre mura, oue s'appiatta,
O che altro chiuso inganno entro si serba.
Non crediate, ò Troiani, al gran Cauallo,
Sia che si voglia, io temo i Greci, e' i doni,
Come che doni sian di morte acerba.
Che come io sò, ch'è sola opra di fallo,
Così scourendo i pensier miei sì buoni,
Ferire intendo del suo curuo, il fianco.
Con questa lancia, da gran tema spinto.

Ferisce il Cauallo, & restando sua lancia fissa nel fianco, siegue.

IO per scemar la rabbia che mi rode,
Andare hor cheggio indebolito, & stanco,
Al degno Sacrificio, ù sono accinto,
E' al gran Nettuno offrir nouella lode.

Pol. O trà gli Huomini, e' i Dei, mediatore,
Inuitto sacerdote, come mostri
La fè, l'Amore, & l'animo tuo ardente;
Ma che raro fremir, s'intese fuore
Ch'vscio poi del Caual da i chiusi chiostri,
Nel trar la lancia sua così repente?
Come sonaron le cauerne? & come
Tremò quell'hasta, ch'iui fissa appare?
Hor dentro andronne à far palese, quanto
E quì socceßo; & ch'à sì graui some
Opri ciascun Troian le menti chiare,

Et si proueda pria che giunga il pianto.
Ma veggio Enea: & è Chorebo seco.

Enea.
Chorebo.
Sinone legato con duo Pastori.
Priamo Rè.
Pantho Troiano.

nea. *DE le leggi d'Amor, parmi quest'vna,*
(Chiaro Chorebo) ch'è tanto più grato
Il diletto à l'Amante afflitto, & cieco,
Quanto poi ria battaglia di Fortuna,
Gode il frutto tant'anni desiato.
Ecco, godrai Cassandra à tuo bell'agio,
Senza timor di Fato empio, ò sinistro,
Dopoi le sparse tue tante fatiche.
hor. *Sia benedetto Amor, ch'al fin, d'vn raggio*
Chiaro, mi s'è mostrato hoggi ministro.
Ma che genti son quì presso nemiche?

SINONE *legato, condotto da i Pastori Troiani, & simolando esclama.*

Aih lasso, qual terreno, ò pur quai lidi
Inghiottir mi potran? che più mi resta,
S'appresso à i Greci io non hò luogo ancora;
Et contro me ancho i Troiani infidi
Si mostrano, & la turba auida, & presta
Hor brama del mio sangue, l'vltim'hora?

Pas. Costui, l'è Greco, & parmi che si lagna
D'i Greci istessi; O voi fermate i passi,
Et scourite di ciò vera cagione.
Tu dì, Greco non sei? e' à che si bagna
Di lagrime, il tuo volto? & come stassi
Tua vita, ch'era libera, hor pregione?
Sin. Deh priego, (per pietà) genti Troiane,
Inducetemi, pria che m'occidete,
Al cospetto del vostro Rege inuitto:
Per farli chiar l'opre maligne, & strane
D'i Greci infidi, à i quai, l'ardente sete
E sol del sangue mio misero, afflitto.

PRIAMO accompagnato da Troiani, dal suo Palagio.

Mentre ch'io pascerò l'amata vista
Di grate visioni, s'apparecchia
Ne la nostra Città festosa giostra;
Ne più si senti quinci anima trista,
Et d'allegrezza al sommo, ogn'vn si specchia.
Ma, qual nuouo spettacolo si mostra
A gl'occhi nostri? habito Greco è quello
Che'l pregione ritien; Chi fia costui
(Dite Troiani,) & come è quì legato?
Enea. Questi Pastori, à noi come rubello
Quì l'han condotto: & pianger sento lui
Solo de i Greci il mal costume vsato.
Pria. Dite voi, come auenne in vostra mano?
Past. Le Pecore menandomo nel pascolo,
Conobbimo di Grecia, ch'è giouane,

Ne l'habito, nel piangere, & nel gemito.
Noi auidi, per l'aspero rammarico,
Che diedene cotanta amaritudine,
Lasciandomo nostr'Aini vì mordere,
Con impeto mirabile, lo presimo,
Le lagrime di cui, l'aria ingombrauano,
La Grecia infamandono continuo,
Nè lecito parendoci d'occidere,
Condurcli à voi Giudice, proposimo.

Pria. Come possibil'è, che sia partito
Da i liti nostri l'essercito Greco,
E tu rimaso sei da lor lontano?

Sin. Sia che si voglia: Io sono à morte ardito
Inuitto Rè; che non fia mai, che meco
Celi; ò si serbi, ò si nasconda il vero.
Non negarò, che Greco io non sia nato,
Che lo confesso; ma se la Fortuna
Miser m'hà fatto; non però leggiero,
Ne bugiardo farammi; mentre dato
Me fia goder l'Aura vital: Sol vna
Mercè ricerco, ch'à mia prece humile,
Grate l'orecchia, vostra Altezza porga.
Poi che la somma Maestà di voi,
(Mercè à sua chiara qualità gentile)
Fà, che dal Mondo, ingrato occhio, si scorga,
Di dominarlo intiero, degno: poi
Ch'è chiarito, che la beniuolenza,
A chi regnar vuol sempre, è guardia, & guida
Vietandosi à tutt'hor, d'esser temuto;

Preposto sete ne l'alta Eccellenza
De la perpetua Monarchia sua fida.
Onde frà tutti quei che Scettro hauuto
Hebber, ò c'hanno ancor Corona in testa,
Voi sol signoreggiate senza tema,
Tal che conuien ch'à voi gran Priamo, il quale
Hà pur vinto Fortuna sì molesta,
Con l'arme ancor di Caritade estrema,
Et nel fuggir de l'odio vniuersale,
De la comune affettion sia fatto
Calamita: onde i Popoli à tutt'hore
Ch'obediscono à vostro mansueto,
V'adorano deuoti tutti à fatto;
Et adorando, sperano co'l core;
Et sperando, ciascun contento, & lieto,
Le doti, che v'adornano, comprende;
Et comprendendo, poscia ogn'vn confessa
Come il valor che sì vi fà splendente,
Co'l senno graue, e' accorto ch'in voi splende,
Tanta Eccellenza, & Monarchia istessa,
Che'n voi risorge, e'n voi regna apparente
Hà conseruato: (opra conforme al degno
De la gloria del vostro Regio petto.)
Le cui sincere amiche intentioni,
Sostieneno le leggi, e' al vostro Regno
Di buone vsanze osseruano l'effetto:
A i rei castigo, à i giusti le ragioni
Porgendo, & la Giustitia frà la gente.
Queste sopreme qualitadi vostre.

Sò che mi porgeran spirto, & vigore,
Che d'i Greci la sete auida, e'ardente,
Non si smorzi nel sangue, & membra nostre.
Sotto di questi piedi, al gran fauore.

Pria. Sorgi, & di ciò l'alta cagion palesa.

Enea. Son gli Argiui crudeli per natura.

Sin. Io sò (signor) che spesso v'è venuto
Di Palamide alcuna historia intesa.
Palamide quel Greco, di cui dura
Famoso il grido, al'hor non conosciuto,
Costui per che vietò la guerra à Troia,
Innocente, li Greci, à morte diero,
Seco essendo al'hor 'io compagno fido;
Ch'io memore volea di tanta noia
In Troia, vendicar l'amico vero.
Quinci nacque il mio mal. Quinci l'infido
Vlisse, cominciò pormi spauento.
Nè restò mai; per finche, con Calcante.
Ma à che racconto à voi cose non grate,
A che più induggio? priego, (à mio contento)
Le pene che volete, & altre tante
Datemi homai; senza adoprar pietate;
Et goda Vlisse, & godan seco i Greci.

Pria. Raffrenati, ch'à noi la pietà viue,
Et disgombro sarai di tante pene.

Enea. Segui, che grate siano le tue preci.

Sin. Più volte desiar le genti Argiue,
Stanche di lunga guerra, & fuor di spene,
Troia lasciare, & ritornare in Argo;

(O che piacesse à i Dei, non fosser giti.)
Ma del turbato mare, i fieri segni
Vietar questo pensier: ch'empio Letargo
Minacciolli Austro irato; che smarriti
Per l'onde salse, i erranti gli alti legni
Poi fur, nel voler dar le vele à i venti.
Et maggiormente al'hor che'l gran Cauallo
D'Acero fù tessuto: à l'alto Cielo
Apparser nembi oscuri, & violenti.
A tal prodigio, senz'altro interuallo
Euripilo, c'hauea canuto il pelo
Nel Sacerdotio, à dimandar mandiamo
Gl'Oracoli di Febo, à noi dubbiosi:
Qual da i secreti luoghi, & santi altari
Così risponde, & noi fede li damo.
Co'l sangue, ò Greci, i venti furiosi
Faceste amici, in questi propri mari,
Et con Vergine occisa in holocausto;
Co'l sangue, ancor conuien, cercar ritorno,
Offrendo in Sacrificio vn vostro Ciue,
Pronto à la morte, con solenne fausto;
Come si sparse à l'apparir del giorno
Tal voce, à nostre orecchie allor non priua
D'alta paura, ch'à la dubbia mente
Di ciascun nacque; & gelido tremore
A correr cominciò dentro de l'ossa;
Sol per sauer, chi morirà innocente,
Qual brama quello, che distingue l'hore.
Ecco con gran rumor, con graue scossa

Mezzo la turba Vlisse, il buon Calcante
Duce, & dimanda de li Dei la voglia:
Al'hora (aih lasso me) predisser molti,
L'ordinata sua opra, empia, arrogante,
Discemar con mia morte, tanta doglia;
Che così Vlisse, auante à i Greci accolti,
Mi condennò, ne l'empio Sacrificio.
Consentir tutti, & quel ch'ogn'vn temeua
Per se, (misero me) lasciommi adosso,
Volto à mio danno, ogn'empio maleficio.
Ecco l'horribil giorno, oue si scorgeua
Offrirmi al Sacrificio, ciascun messo:
Ecco apparecchian soura l'erto Altare
Il sale, il ferro, e'l panno per velarme.
Ma, (no'l niego) ò mio Rè, ch'io ruppi i lacci;
Et da morte mi tolsi, & di cansare
Mi parue; & ne la notte oscura, starme
Trà fangose paludi, & freddi ghiacci,
Mentre ch'à i venti dauano le vele
I Greci; si partir volcansi forsi.
Orbo io di speme in tutto, di vedere
La patria amica, & l'humili querele
De i cari figli, e'l padre; à i quali opporsi
Parmi, veder d'i Greci l'empie schiere,
Et li faran pagar la pena atroce
Del mio fuggire, (aih lasso) & mia cagione
Con la morte di quei, purgar voranno.
Onde priego, chinato in humil voce,
Per l'inuitte di voi sacre Corone,

Per

Per gli alti Dei, ch'eterni in Ciel si stanno,
Et per la Fè che frà mortai si serba,
De i graui affanni miei pietà vi moua,
Venga vera pietà di quel dolore,
Che fuor d'ogni ragion mi disacerba;
Ch'io son fuggito à voi, doue si troua
La pietosa pietà, pronta à tutt'hore.

Pria. Ecco, ti damo noi vita, & perdono,
Et qualunque tu sei, scordati homai
D'i Greci, che perdesti; & hor sij nostro:
Disciοglietelo: ch'io contento sono
Render sua libertade, & fuor di lai
Riputarassi pur concine vostro.
Ma di quel che bram'io, narrami il vero;
A quale effetto i Greci hanno ordinato
Il Cauallo à Minerua in tanta lode?
Autor chi fù di questo magistero?
Qual disegno è frà loro, & per qual fato?
O qual di guerra e' ordigno, ò s'è per frode?

Sin. Voi lumi eterni testimoni io chiamo,
Et la vostra tremenda, alta potenza;
Voi sacri Altari, & voi crudeli Spade,
Ch'io già fuggì: Tu libertà c'hor bramo,
Voi bende, che per sì ingiusta sentenza,
Frà gente colma d'aspra crudeltade
Io portai, condennato à i sacrifici:
Priego, mi sia concesso, i giuramenti,
C'hò co' i Greci, disciorre, & odiarli,
E' à questo Rege, & à i Troiani amici,

D

Lor secreti pensier, facci i presenti;
Ch'alta cagion mi moue di biasmarli.
Di questa guerra, à i Greci somma fede,
Ne l'aiuto di Pallade fù sempre:
Ma poi ch'Vlisse, & Diomede, al Tempio
Di lei, occisero i custodi; & prede
Del Palladio fatal feron: le tempre
Mutò la casta Dea ne l'atto sempio:
Cominciò al'hor l'essercito ire adietro,
Et raffredar dopoi loro speranza,
Anzi erta à pena vn dì, sua Statua al campo
Si vide fulgurar da l'occhio tetro,
Sdegno, & salsò sudor, fuor de l'vsanza,
Per le membra disciorre; & con gran lampo
Co'l Scudo apparue; & con l'Hasta tremante,
Calcante al'hor, vuol che per l'onde salse
Si cerchi di fuggir; ne più potersi
(Se ben le genti fossero altretante,
Et premesse desir più che mai calse
A Greci, ricoprar gli honor dispersi)
Rouinar Troia mai con arme Argiue,
S'in Argo non andranno à rinouare
Gli Auguri, (qual la prima volta fero)
Con preci humili à i Dei più grate, & viue,
Et ergere à Minerua vn nuouo Altare,
Et sotto saggio tal degno pensiero,
Ira portare il sacro Nume, quale
Indi ritrasser con le Curue Naui,
Così Calcante à tutti i Greci espose.

Onde, per euitare il duol ch'assale,
Gli Argiui, d'anni, & di consiglio graui,
In vece del Palladio, & d'altre cose,
Che d'Argo tolser: Questa effigie horrenda,
(A purgar lor gran fallo) erca ban di terra,
Alta, che d'Ilio non entri à le porte,
Che se guasta non fosse, ma à vicenda
Con vostre proprie mani, entro la terra
Tratta, potrebbe vostra mano forte,
Signoreggiar la Grecia: E tal Fortuna,
Sarebbe poi fino à i nipoti vostri:
Ecco del gran Caual, l'alta cagione.

Pria. Dunque n'andremo dentro; & si raguna
Il consiglio Troiano; & poi che mostri
Si ferma volontà con tal sermone,
Vanne oue vuoi, d'ogni gran tema sciolto.

Si parteno tutti verso il Castello.

I duo Pastori ritornandono.

Past. primo ECCO, che Selue, Pratora, & Capanne,
Vedremo culte, & placidi gli Poggi;
Bacco d'oro, & vermiglio, allegro: tolto
Il timor graue; e'al sonito di canne
Chiamaremo cantando. Ecco pur c'hoggi
I bianchi Tauri, & molle Pecorelle
Vedransi errar per queste ricche piaggie.
Tondendo i vaghi fiori, & l'berba fresca.

Past. secon. Ecco le nostre vaghe Ninfe, & belle,
Sentiremo cantar note seluaggie,
Et d'Amor l'Arco, la Faretra, & l'Esca
Lodaranno Menalca, & Coridone;
Et rispondere al canto, i boschi, & Eccho.
Nè si vedranno più taciti, e' inculti,
Senza Buoi, senz'Aratro, ogni stagione
I Piani, ma fiorito, & campo, & stecco,
Fuor d'Inimici repentini insulti.

Past. primo Ondeggiaran le biade, à l'aura estiua,
Ne signoria n'anaran lappole, & bronchi,
Che già son tol i i ferri, & spent'è il foco.

Past. secon. Ecco, vedrò la mia leggiadra Diua,
Auuolgere le rose, con li gionchi,
A le ghirlande, à mio vanto, e'n suo gioco.

Past. primo Mia vaga Pastorella,
Sì lasciuetta, & bella,
Potrà sicuramente
Venir per le pasture,
Sciolta dalle paure,
E' à l'apparir del Sole,
Sparger nel seno mio rose, & viole.

Past. secon. Hor desiosa, e'ardente,
Il mio chiaro Oriente,
Potrammi d'i bei fiori
Ornar la folta chioma;
Quand'io sgombro la soma
De la fiamma Amorosa
Co'l dolce sonno, & meco poi far posa.

Past. Hor di Mirti, hor d'Allori
primo M'adorna, hor sparge odori
Il mio fresco Leuante;
Quando fiaccato, & lasso,
M'scorge, in lento passo;
Et con eterne paci
Poi mi lusinga, & porge dolci i baci.
Past. La mia giouane Amante,
pico. In Amor sì costante,
M'apparecchia mai sempre
Vua, à color di rose;
Le pecore lanose
Tonde sì dolcemente,
Che nè prende stupor tutta la gente.
Past. Porgem luogo à la sera,
primo Che de i gregi, temp'è d'vnir la schiera.

Si partono.

ATTO TERZO.

Ombra d'Achille.

D'EACO Inuitto, il valoroso figlio
Achille, io son; ch'amò, pugnò, & al fine
Morì quì, occiso di fallace strale,
C'hoggi il mio Pirro, il graue sopraciglio
Toramni, & porrà Troia à le rouine;
(Giusto sopplitio, à tanto antico male.)
Da la più atroce Reggion d'Auerno,
Pasciuta, Alma di pianto,
Vscita; ù la spronò, che'l Sol, colore,
Eccede; acerba crudeltà infinita,
Dura durezza, ingratitudin forte
Che mi rodiua, di bellezze rare;
Mi mostro al vostro viso.
La Sentenza sì ingiusta de l'Inferno,
Adempiendo io trà tanto;
Sentei, ch'al Mondo hor leggiadria maggiore
Si vede, & più vaghezza alta, & gradita,
Ch'à Polissena mia; opre più accorte,
Beltà più viua, & più vertù preclare;

Restai tutto io conquiso.
Tal'aguaglianza indegna, hauer mi ferno
Maggior pene altre tanto;
Ch'io gi del Rè de l'eterno dolore
Al piede; che venire in questa vita
Spatio mi desse; acciò le ragion torte
Confonda, & priua, & quel che vero appare,
Ne l'oblio, non sia miso.
In vista humana, in apparente esterno,
In spettacolo tanto
Comparo: non per obligo d'Amore
Di Fede, poi che l'impietade ardita
Di Pari, m'hebbe inanzi tempo à Morte,
Ond'ancor schiua fammi, di mostrare
L'occhio, ne l'odio assiso.
Nè à dir di Polissena il vago interno;
Per che (dal Mauro, al Xanto)
De mille cori il dì, con sommo honore,
Fà prede; & al morir gli huomini incita.
Et da sè, si defende, & porge in sorte,
C'hor mora, hor viua; hor dà dolci, hor'amare
Pene, co'l grato riso.
Mà sol, per che preso hò d'vdire, à scherno,
Tor, (sù mie ossa) il vanto,
E'l loco, à quello Angelico splendore,
C'hor siede in la sua rete d'or fornita;
Come, ch'à la mia pena, ingiuste scorte,
Et non di Diua, furo, & non sì chiare,
Qual'io le vidi, fiso.

D

Et per che chiar frà nebbia, il Sol discerno,
Vengo à far proua alquanto,
Che tanta audacia, ch'è di cieco errore
Herede, quì non vada hoggi impunita,
Se tanto, vn spirto de l'Infernal corte,
In verde riua, di sè può sperare,
Da le membra diuiso.
A l'implacabil Dea, c'haue il gouerno
Di noi, à Rhadamanto,
Megera, e'à l'Infernale Inquisitore,
Fè diede, de la guerra iui bandita,
C'hor quì prouoco, fuor de l'atre porte,
Portar l'Oliua: & non si può scherzare
Con Pluto, ò far deriso,
Ma Huom che viua, ancor qui non appare;
Parto, con lieto auiso.
Si parte allegro.

Laocohonte Sacer. con duo suoi figli. Policrate. } *Viene per fare il Sacrificio.*

F*IGLI, s'altroue à mie paterne voci,*
Orecchia, & obedienza deste insieme;
Vdite hor più che mai, & essequite
Quanto quì vi dirò, pronti, & veloci.
Che com' è cosa, che ne ancide, & preme,
Et si temon di tutti noi, le vite;

Così sia d'huopo, hauer di ciò gran cura.
Del veduto Cauallo, il Mostro horrendo,
Minaccia à Troia, e' à noi, l'vltima sera.
Io per che scorgo, che nessun si cura
D'i propri danni; humilmente intendo,
Al gran Padre Nettunno, (anzi ch' io pera)
Offrir, del più superbo, & bianco Tauro,
Il capo, che nel Vaso, voi trahete,
Spargendo voci humili, & degna prece.
Però voi, dispregiando argento, & auro,
Hoggi meco gli accenti spiegarete
Pietosi al sacro Dio; che ben ne lece,
Et sospirare, & piangere il flagello
Che ne soura stà. Che sapete chiaro
Ch'à geminate preci, Dio s'inchina.
Ma ecco il sacro Altar, pregio di quello:
Nessun si mostri in riuerenza auaro,
Ma co'l petto, & co'l cor ciascun s'inclina.
Mentr' io quest' herbe sì sangose scemo;
Et la bell'Ara di Coralli adorno;
Et di Conche, di bei vari colori,
Raggiro: e' i suochi fo del primo remo
Ch'al mar bagnossi; & che co'l duro Corno
D'vn gran Ceto, co'l ferro hor trarrò fuori.

PRECE.

Figlio Primo O Sacro Dio di queste gelid' acque,
Ascolta nostre voci,
Che spargemo veloci,
Se tua bella Thirona dolcemente,

Godi mai sempre: togli il mal presente:
Che ben sei Dio, cui la pietà non spiacque,
Anzi ella, al nascer tuo, pietosa nacque.

Laoc. Ecco, io mi vesto
Lieto di questo velo ornato, & bianco;
Et questo manco piede orno di pelle
Di duo nouelle Phoche à vn parto nate,
Ch'al sonno date in preda, io presi al lito
A lui gradito: & di marini fiori
Ch'io trassi fuori d'Halia da i capelli
Aurati, & belli, il destro, ammanto, & celo;
Et questo velo del color del Mare,
Quando più chiare l'acque Occeano tiene:
Cingo mie rene: e'à l'vno, e'à l'altro braccio,
Auuolgo vn laccio d'Alga: & sù le chiome
A suo bel nome, l'alta Mitra io giro,
Fatta in Epiro Oriental, per mano
Del più sourano Sacerdote Isanto.
A cui co'l canto io vinsi, à suo tormento.

I.Fig. O sacro Dio di queste gelid'acque,
Ascolta nostre voci
Che spargemo veloci,
Se tua bella Thirona, dolcemente
Godi mai sempre: scema il mal presente,
Che ben sei Dio, cui la pietà non spiacque,
Anzi ella, al nascer tuo, pietosa nacque.

Laoc. Mentre ch'intento in quest'opra, io mi mostro.
Dal basso Chiostro tuo, benigno ascolta
Mia voce, sciolta in dir tue lodi noue,

O fratello di Gioue, ò grato figlio
Di Saturno, il tuo ciglio, & la tua faccia
Lieta, non spiaccia d'erger. Tu che reggi
Tuoi Scettri egreggi in Tenaro, e'in Onchesto,
E' in quello, e'in questo: & in Trecenni ancora
Sacri, in ogni'hora t'ergono gli Altari.
Tu cui de i mari, gli alti Dei cortesi
Ti son palesi; & Theti, & Occeano
Sposi, in humano effetto à te Nettunno,
Glauco, & Vertunno, & Protheo, et Palemone,
Teßon corone: & Phorba, & Melicerta
Ti fanno offerta de i thesor de l'acque:
Nè giamai spiacque à Castore, e à Polluce
Porger lor luce: & Amphitride, & Dori
Spargono i fiori intorno al tuo bel carro.
A quanto io narro, à quant'io bramo, & cheggio,
Dimostra il preggio de la tua pietade:
E' à la Cittade, qual tu fabricasti
Scema i contrasti di Fortuna fiera,
Et questa altera macchina soperba
In vista acerba, s'è par nostro danno,
O per inganno, fà ch'in terra caggia,
E' in questa piaggia, hor veggiasi l'effetto.
Si repiloga la prece per li figli.

Laocohonte siegue.

Fin ch'io dal petto spiego alti sospiri
Ver tè, che miri il cor, senti la voce:

Spargo veloce i grati odor Sabei:
E' acciò ch'i miei deuoti, & grati accenti
Ti sian presenti; al Tauro mio più forte
Hò dato Morte, & al tuo foco, questa
Superba testa, abruggio à tuo sol vanto,
A ciò sia riso, ou'esser puote il pianto.

Si repete la sù detta prece.

Laoc. Amati figli: mentre il Ciner sacro
Accolgo in l'vrna: al più vicino fiume
Gite, & da l'acqua più lucente, & pura
Recate alquanto: acciò ch'al simulacro
Di Nettunno, à l'Altar, (qual mio costume)
Scemi la polue, ch'iui stà sì dura:

Si parteno i duo figli verso il vicino fiume, mentre lui ridice la prece.

Policrate Troiano, fuggendo i veduti serpenti dal mare.

OVE trouar poss'io sicuro loco,
V mi nasconda da l'horrende Fere,
Ch'in giro auuolte sù per l'onde quete,
Da Tenedo vid'io; che par che foco
Spruzzandon per le bocche aperte, & fiere,
A i nostri lidi corron con gran sete?
Sù l'alto colle andrò, per mia salute.

Laocohonte rinnoua la prece, & si senteno le voci de i figli assaliti da i serpenti.

1.Fig. Deh caro padre mio, che non soccorri?
2.Fig. Soccorri ò padre à le miserie nostre.
Lao. Ahi che dolenti voci son venute
Quì fuori. 1 Fi. Aita ò padre. 2. Fi. ò padre corri
Laoc. Hor corro ò figli à triste voci vostre.

Laocohonte corre à le voci de i figli, & ritrouati inuolti trà i serpenti. Esclama.

Ahi spettacolo horrendo,
O cari figli, ò figli,
Qual sciagura vi mena
O qual sinistro fato
A sì penoso stato?
Onde tanti inuditi aspri perigli?
Gioue, già vede, & sente
L'opre di noi mortali,
Soffrir sì graui mali
Non debbono quei tali
De i Dei ministri fidi.
Et doue in questi lidi
Si veder tai serpenti?
Ohime figli innocenti,
Vo morir vosco anch'io,
Figli miei, cari figli,
Ohimei, ohimei, ohimei,
Moriremo figli miei
Senza pietade alcuna,
Ch'à persona ciascuna
E spenta la pietade,
E'à gli animi celesti, è crudeltade.

Quì muore Laoc. e' i figli occisi da i serpenti.

Hecuba Reina.
Cassan. figlia d'Hecuba.
Enea.
Paride.
Chorebo.

Escono da casa di Tr... per ve... luoghi ... pati d. Gr...

Hec. *POI che (la Dio mercè) cessa ogni tema*
De i fallaci Nemici, & che si pote
Questi luoghi veder sicuramente;
Per radoppiar nostr'allegrezza estrema,
Andiamo (Enea) per quelle parti vote
Di Padiglioni, e Tende, nel corrente
Del chiaro Simo, à l'aura, & al diletto,
Che la dolce memoria, anco è palese.
Ma dite pur, (ben che s'innoua il pianto)
V qui la pugna fu del mio diletto
Hettore? & ù sue bellicose imprese?
Animoso guerriero ardito tanto,
C'hebbe da quel Tiranno, vltima sera:
Poi che soprati fur cotanti Heroi
Da la sua forte destra, ch'ancor porge
Timor d'vn morto, à la nemica schiera.
Enea. *Alta Reina, i gesti alteri suoi,*
Furon si chiari, che perpetua insorge
D'Hettore inuitto, la famosa Tromba.
Et s'ei morì pugnando, non si chiama
Morto, chi così muor, che sempre è viuo.
Et per ciò Achille d'honorata tomba
Volse immortal s'ornasse, che di fama,

Per tempo, nè per Morte, punto priuo
Far non si può di gloria, il suo diuino.
Et s'ei fù morto in pugna gloriosa
D'Achille; Achille poi d'infamia cinto
Di Paride fù occiso in quel mattino,
Ch'incenerito di pena Amorosa
Per Polissena, al Tempio giacque estinto.
Vedi in quel promontorio de Siggeo,
E suo sepolcro. A piè di quella valle
Con Hettore pugnò, ù suoi destrieri
Erranti andaro: e'l Padiglion vi feo
Star ei to; & presso quel picciolo calle
Rheso, di Tratia Rè, con suoi guerrieri,
Di Priamo amico, aurate Tenne eresse.
Che l'infelice, poco poi che giunse,
Per seruar le vigilie de la notte,
Da Vlisse al'hor fù morto; perche desse
Fede, à Dolon Troian, qual si congiunse
Al nemico voler, ben che interrotte
Pur furono sue frodi; ch'iui accanto
Da Diomede, & da Vlisse si giacque,
Morto, (cagion de l'opre sue nefande).
Che mentre noi, co'l Popol lieto tanto
Fede li dam, cui d'accettar non spiacque
Ch'ei vada per le tenne, & per què lande;
Per scourirne di lor l'insidie, & frode,
Sotto promessa d'i d strier d'Achille,
Quando vittoriosi esser speramo,
Egli il contrario fenne, anzi si gode

Scoprir gli affari, & noſtre opre tranquille.
Hec. Souuiemmi, & mentre lieto ſin cercamo;
Di Rheſo l'empia morte ſopraniene;
Et d' i bianchi caualli, & del gran Carro
V' gir ſoleua trionfante, il furto.
Par. I ſtratagemi vſar, ſpeſſo conuiene,
Onde aſcoltate voi quel ch'io vi narro,
Ch'acquiſtai molta gloria in tempo curto.
Era à me noto, che la madre Theti
Il figlio Achille, à l'onde Stigie inuolſe,
Per ridurlo ſicur d'ogni ferita:
Parimente ſapea gli alti ſecreti,
Che quella parte, per la qual ritolſe
Il fanciullo, la madre pronta, e ardita,
Ch'era dietro d' i piedi: iui potena
Solamente ferir graue percoſſa,
Et ſcorgendo io l'animo ſuo rapace
Di mia ſorella, al Tempio, oue ſoleua.
Ella, d' i Dei quetare ogn'ira, & ſeſta,
D'vn'Altar dietro, io auido, & audace,
Accuto telo, in tal parte auuentai,
Onde morto ei caddeo, nel mio coſpetto.
Hec. Oue accampaua il frodolente Vliſſe?
Par. Vn ſedottor, non ſtà ferme già mai.
Enea. Agamenon vi ſtaua: e'al ſuo coſpetto
Menelao fea ſoggiorno. Iui gran riſſe
Furon deciſe trà nemici ancora;
Et ſpeſs'io combattei sì arditamente.
Chor. Vidi in quella pianura, fuggir ſpeſſo
A l'appari

A l'apparir del forte 'Hettore ogn'hora
Con le Creste ne l'Elmo risplendente
I Greci; & poi firmarsi al Carro istesso
D'Achille. Iui di Rheso i bei destrieri,
(Pria che gustasser le Troiane biade,
Et che del Xanto al fiume, le chiar'onde
Beuesser) poi si videro leggieri
De gl'Inimici prede; Trà le spade
Appiè di quelle valli alte, & profonde
L'infelice garzon Troilo, fuggendo,
Poi che de l'armi sue, si vide senza,
Con Achille pugnando, morto giacque.
Ma valoroso Achille, io non comprendo,
Ch'à disegual valor, fuor di temenza
D'esser ferito, ogn'hor pugnar non spiacque,
Come ch'inuulnerabil si serbaua.
Di Troil fù la gloria, il preggio, e'l vanto,
Esporsi à Morte, & di morir ben certo.

Cass. Non io predissi quanto occolto staua?
Non vi narrai di lui la Morte, e'l pianto
Vostro? & non vi fei d'Hettore aperto
(Altera Madre nostra) il fine amaro?
Voi, no'l credeste, & poscia (aih lassa) pure
Tre volte intorno à i muri, il fiero Achille
Girò suo corpo: & non mostrossi auaro
Quel con oro cangiare. Aih che suenture
Hoggi mi son presenti à mille, à mille.

Chor. Cor mio, hor fugge in tutto ogni timore.

Cass. Hor più che mai, mi son presenti à gli occhi

Pene, stragge, cordogli, affanni, & morti.
Par. Di Donna, è sempre hauer dubbioso il core,
Cass. Non sono i detti miei fallaci, & sciocchi.
Chor. Segno quì nullo appar, che duol n'apporti.
Cass. Di voi, (Chorebo mio) di voi mi cale.
Chor. Non serb'io questo petto ardito, & franco?
Cass. Le Dee nemiche, han gl'occhi in terra fissi
A nostro danno, à nostro eterno male.
Enea. L'essercito è partito afflitto, & stanco,
Cass. Veraci fur gli danni, ch'io predissi.
Par. E natura di voi pensare il peggio.
Cass. E pur di sauio, il mal preueder spesso.
Ma dite, in che sperate voi Troiani?
V sono i vostri Fati? u stassi il seggio
Del Palladio Troian, ch'Vlisse istesso
Con Diomede, con rapaci mani
Rubbonne, nel silentio de la notte?
Non prediss'io la Morte de i custodi?
V di Rhesso i Caualli? ò non credete
C'hoggi non si vedran spezzate, & rotte
Del gran Laomedonte in vari modi
Del bel sepolcro le Colonne viete?
Mennone, il figlio de la bella Aurora,
Qual, da Titon, di Laomedonte frate,
A soccorso di Troia ardito venne,
Hor non è morto? non l'uccise ancora
Il duro Achille? & le Donne preggiate
Amazzonide, dite, u son, che denne
Lor forte braccie, mai sempre fauore?

Panthesilea fin . . . ada, e' i Scudi
C'hauean la Luna guisa, hoggi oue sono?
Tutti son morti, & morto ogni valore.
Nè più si scorgon lor bei petti ignudi,
Magnanime guerrier, ai Trombe al suono;
Et co' i dorati Cinceli tenere
Sotto la suelta ignuda Mamma auuinta,
Vergini, al par d'huomini armati, oprare.
Hec. Già son partite l'inimiche schiere,
E Troia stà di genti, & d'arme cinta,
Nè la pietà de i Dei lontana appare;
Ch'io spero in quelli, che non più vedransi
Dispietati mostrarsi à nostro danno.
Da l'altra parte, han ben veduto i Greci
Di Troiani il valor, ch'in tutto stansi
Deboli, & stanchi al fin del decim'anno.
Achille, è morto, & non li giouan preci
Nouelle, à tutti i Regi d'Oriente
Nel dar soccorso, con genti, & con naui.
Enea. Chrison, d'Apollo Sacerdote Greco,
Pregione vn giorno fè chiaro, & presente
Il numero de i legni, e' i gesti graui
D' i Regi d'Asia, ch'anch'io serbo meco.
Hec. Dite, chi furon quei, se non v'annoia?
Enea. Agamenone da Micena Trasse
Cento naui in Aulido; & poi sessanta,
In guida d'Agamepore in gran gioia.
Nestor nonanta, disse, che solcasse.
Da [illegible], [illegible], disse cinquanta.

D'Argo, sessanta Menelao conduce.
Elsinore, da Euboia trenta. Aiace
Di Thelemon, da Salamin condusse
Sotto sicuro scorta, & fido duce,
Quaranta. Et dodici anco Oileo Aiace.

Par. Intesi ancora ch'Ascibilao vi fusse
Con altre trenta. Et di Beotia i Regi
Dieron cinquanta Naui di valore.
Schedio, e'l fratel quaranta nè concese:
Il Rè d'Helide altri pur tanti egregi
Legni mandouui. Et Talpio con Diore,
D'Hetolia, il simil fur pur fu cortese:
Da l'Isole Eschiradi, parimente
Quaranta pur di Crete Idomeneo.

Enea. Dodici Vlisse; & Protheo quel Magno
Quaranta. Tregolemo d'Armi, & di gente
Otto inuionne. Il rè Simo, & Nireo.
Vndici, Eumelio nel vicino stagno.

Par. I Pelasgi cinquanta: Ancor Podarco
Da Filacea altretanta. Et Macheone
Trenta. Et Euripilo Hercumenio anco
Quaranta. Guneo, venti in cotal varco.

Enea. Sette nè diè Filote di Medone.
Leontheo pur non volle venir manco
D'altre quaranta; da l'Isole Helire
Et di Caprate, trenta ne fur giunte.
Thessandro vi mandò da Thebe ancora
Cinquanta. Et venti poi d'Arcadia il Sire,
Con altre tanta di Mopso congiunte.

E trenta dieron le Cittadi al'hora,
Ch'il numero passò, mille, & ducento.

Er. Quanto più narri l'alte meraviglie,
Tanto più vanne Priamo glorioso.
Che bastato non hà cotal spavento
De l'inuitto di noi, turbar le ciglie:
Ma andiamo à queste Donne à dar riposo.

Si parteno verso il palagio.

Policrate.
Priamo.
Enea.
Pantho.

Polic. O Portento maligno; ò strano, & fiero
Giuso nel Mondo raro, empio accidente,
Mal presago prodiggio, aspro, & immondo.
Non sarà questo senza gran mistero.
Questo non fia senza turbar la mente
Di Priamo, & fare il Popolo iracondo.
Sacro Nettunno, ben poteui al'hora,
Dare al tuo fido Sacerdote, aita,
Ch'al tuo vanto hor spiegò le preci grate.
Ma non senza cagion, tu l'vltim'hora
Permettesti à color; che son sparite
Da noi, queste secrete opre; & serbate
Al petto di voi Dei. Pur mi conuiene
Far ciò tutto al nostro Rè palese,

E 3

Com'opra d'alta, & rara merauiglia.
Ma ecco, al suon di Trombe, egli è che viene,
Allegro il volto tien, vago, & cortese,
Per le noue delitie di sua figlia.

Pria. Va la Reina mia tutta gioconda
De mia Cassandra, per le nozze grate:
Io parimente de la gloria in cima.
Chorebo vien da stirpe alta, & profonda
De Midon Rè, di cui l'opre honorate
Tal mi sospinser, che m'auuenne prima
Voglia, tenere parentado seco.
Ma il correr d'anni, & la continua guerra,
Mi tolser poi da quel sì buon, pensiero.

Enea. Stato è Chorebo à l'essercito Greco
Graucso intoppo, & posto ha quì sotterra
Molti, & si serba nobil Caualiero.

Pant. E di Midonia fertile il terreno,
Il padre tienui molta copia d'oro,
Et bellicosa gente inuitto regge;
Tal che le noue nozze io lodo à pieno.
Ma Policrate vien, che gran martoro
Sostiene al petto. Polic. Piaccia, altero Regge,
Le mai presaghe noue, udire alquanto,
(Se pur la tema, & lo spauento, sparto
Mi dan, ch'io dire il possa al tuo cospetto.)

Pria. Siegui, à che induggi, e' a che t'affanni tanto?

Polic. D[illegible] or io fuggito, à l'[illegible]
[illegible] monte, per ritrar constretto
[illegible] audaci, quali

Da Tenedo venir per l'onde quete,
(In dirlo io triemo) che solcando il mare
Dritto quì corser, (qual s'haueßer l'ali,)
Fra l'onde alzando lor creste sì viete,
Superbi i petti ergendo à l'onde chiare,
Che poi di nero sangue apparser tinte,
Et con gran cerchi in giro, il mar spomoso
Sonar faceano, e' i liti; & gionti à terra
Con gli occhi accesi, ou'erano depinte
Fiamme di sangue, & foco timoroso,
D'vgual voler di porre altri sotterra.
Con le vibranti lor veloci lingue
Giuan leccando i velenosi labri.
Io, che gli occhi pascea di noua vista,
In què valli di Greco sangue pingue
Vietai le Fere, c'hebber de Cinabri,
Et di Perso la cresta horrenda, & trista.
Ma (lasso) poi seguì maligno effetto,
Che mentre Laocohonte (il Sacerdote)
Offriua i sacrifici al gran Nettuno,
Con duo suoi cari figli, e humil dal petto
Spargeuan degne preci al'hor deuote:
Di quei fieri Angui in impeto ciascuno
Corre à gli amati figli, ch'eran giti
Per obedire al padre, al vicin fiume
A prender l'acqua, à tal'opra occorrente:
Da gli cui morsi sendon quei feriti,
Gridano al padre, aita, ch'al gran nume
Di Nettuno, era miento; il qual repente

E 4

A i figli corre: & mentre cerca sciorre
Quei da gli nodi, mentre ch'vn si pasce
Di lor tenere membra, ecco si vede
Ch'ei cerca dal suo ventre poter torre
Duo giri, c'haueano cinti, (à guisa fasce.)
Ad esclamar comincia; S'in voi Fede
Si tiene, ò Dei, Pietà le. Et mentre spi.
Al Ciel gli horribil gridi, (come Toro)
Mugisce (quando à piè d' i sacri Altari
Ferito fugge) Ecco ch'al fin si lega
Di doppio nodo, à suo doppio martoro:
Tal che tutti finiro i giorni amari,
Et le maligne Fere, à l'alta Rocca
Gir di Tritonia. Io qui pien di spauento
Fuggì, di mia salute, non sicuro.

Pria. Raro accidente s'ode di tua bocca,
Che mi solleua il crin, mi dà tormento.

Enea. E d'alta merauiglia vn caso duro.

Pant. Priamo alter, tant'è più graue il fallo,
Quanto che fassi d'huom di senno colmo:
Noi ministri de gli ordini diuini,
Semo essempio nel Mondo, & qual Cristallo,
Puri, & splendenti esser douemo; e'al colmo
D'ogni bontà serbarci à Dio vicini.
Ecco, hà Laocohonte dignamente
Pagato il suo fallir superbo, & domo,
Ch'il gran Cauallo, ch'à Mineruа è offerto
Hà percosso co'l ferro indignamente.
Onde così la Dea, qual ciascun'huomo

Damnello à morte per giuditio certo,
Ch'amar quel dono, & riuerir douea,
Onde non vi turbate, s'egli è morto.

Dra. *Sonniemmi, quanto à noi Sinon predisse,*
Che s'il Cauallo, à preggio de la Dea
Si serbasse qui dentro, e ogn'vno accorto
Fosse, di trarlo: Agamenone, & Vlisse,
Tributari sarebbono di noi,
Onde conuiene in ciò tener gran cura.

Pria. *Non più induggiate, ò miei fidi Troiani,*
L'alte porte rompete, & fate hor voi
Opra cotale, & per l'aperte mura
S'entri il Caual da vostre proprie mani.

Pant. *Vergine è quella Dea, à cui si sacra*
Tal dono, ò Rè: per ciò mi par ch'ancora
Le vergini Fanciulle il trahin dentro,
Ghirlanda e d'Oliue: (herba à lei sacra.)

Pria. *Essequite così, senza dimora,*
Et ne la mia Città si serbi al centro.
Si parteno tutti con tal pensiero.

Cassandra.
Chorebo. } *sposi.*

Cass. *CHorebo Anima mia, se ver si serba*
Quel che si dice, che l'ardente fiamma
D'Amor, tenero fà ciascunō Amante,
Che non patisca cosa alquanto acerba
L'amato: Io, cui tua gran beltade infiamma,

Gelosa di te sono, e temo quante
Rouine pon venir dal sommo Cielo.
Che da quel dì ch'il tuo leggiadro aspetto,
Et gli occhi tuoi, à gli occhi miei, fur noti,
Ratta mi transformò l'acuto telo
Di giaccio in foco; & se fin'hoggi, effetto
Veduto non n'hauete, pur deuoti
Fur sempre i miei pensieri in seruir voi.
Ch'io, co'l cor v'accettai per grato sposo,
Per mio Donno, & Signore, & sempre guerra
Han fatto, Amore, & Castitade, in noi:
Noto mi fù tuo Ceppo glorioso,
Tuo nascer, da che fostù in questa terra,
V vidi i bei costumi, & l'opre altere,
L'aspetto sour'human, l'alta Fortuna,
Le rare doti del celeste ingegno.
Tal che superbe van le genti altere
Di Mida, & gloria eterna si raguna,
Onde simil non hà quel vostro Regno
Mà temo (vita mia) c'hoggi non sia.
Trà noi, la prima, & vltima giornata:
Che non mi duol, di me, la Morte amara,
Ma è sol di voi, (cor mio) la gelosia.
Però priegh'io, per quanto vi son grata,
Et per quanto mostrate esseru'io cara
Ch'in questo punto, pria s'attuffi il Sole,
Quinci n'andiate in vostra patria, insieme
Con tutta vostra bellicosa gente.
hor. O di questo mio cor, fiammelle sole,

O di quest'occhi, lume; ò viua speme
De l'Alma mia; ò mio chiaro Oriente,
Come così confondi ogni diletto
Di noi, ogni piacer poni in oblio,
Sotto Prodigi mal presaghi, & rei?
Primo, turbar tuo generoso petto
Non ti conuien, & sendo tuo sposo io,
Pare che nulla speri à i gesti miei.
Nè segno veggio poi così maligno
Come voi dite, anzi le cose quete,
I nemici partiti, & Priamo allegro,
Et noi guidati di Fato benigno.
Van le genti di quà tranquille, & liete,
Nè veggio alcun torbido in vista, od egro.
Cantiam dunque d'Amor, (dolce mio bene)
L'honorato Himeneo, la viua luce
Che veggon gli occhi nostri, & nostra orecchia
Sente; che di ciò, sì, parlar conuiene,
Poi che negli occhi tuoi, pur si conduce
Di me la vista, quale in me si specchia
Il tuo bel viso; & poi che la tua mente
Sol di me intende, qual' io pur mai sempre
Bramo, di te sentir soaui voci,
Et da parte riponi il male assente;
Liete volgendo l'amorose tempre,
Ch'il van timor mi dà tormenti, & croci.

Si parteno insieme verso la stanza Reale.

ATTO QVARTO.

Mentre ch'è l'Intermedio de la Musica, si rumpe il Muro, & si tira il Cauallo da le Fanciulle Troiane, cantando.

Choro di Donne Troiane.
Pantho Sacerdote.

CANZ.

Choro A*LTA Minerua, il tuo*
souran Valore
A tutte l'hore canta-
remo à gara,
S'alquanto auara, non
ti mostri, assagio.
Dar, d'vn pio ragio.

Gli Elmi, & li Scudi po-
neremo al foco,
E' in ogni loco d'Hedere, & d'Oliue
Non saran priue nostre bionde chiome.
Nel tuo bel nome.

Vergine casta figlia alta di Gioue,
Tue lodi noue spargeremo liete,
S'à la quiete ne vedremo al quanto.
(Priue di pianto)

Tant. *Semplici Donne, à i Dei cotanto amiche,*
Quanto pure di voi son queste preci,
Fermate homai, che l'è condotto al loco
Il [illegible], & le genti à noi nemiche
Prede no [illegible] saran; Vedransi i Greci,
E i Fati loro esporsi à sangue, e' à foco.
A le vostre maggioni itene liete,
Et non cessate spargere cortesi
Voci, à l'inuitta Pallade, acciò sia
Felice il fine, in grembo à la quiete,
Ch'io parimente vò che siano intesi
Miei prieghi humili, ne l'istessa via.
Si partono le Donne cantando l'istessa Canz.

Pant. *Ecco, che fuor de l'inimiche squatre,*
Liero, à i celesti Dei, farò deuoti,
Et meritati sacrifici giusti
Orbo di teme torbolenti, & atre.
Ne gli Altari di vittime sian voti.
Saggia Minerua, noi d'affanni onusti
In te speramo, in te ch'à la man manca,
Reggi il tremendo capo di Medusa,
La graue Lancia in l'altra, in te ch'in Marmo
Volgi la gente impallidita, & bianca,
Sij à noi benigna, e à noi tua gratia infusa:

Poi che sol d'humiltade il Popolo armo
Ch'à te s'inclina: aita ò Bacco grato,
Domitor di Ligurgo, & del Mar rosso.
C'hai di tua Lancia la punta feroce
Couerta sotto il verde Tirso amato:
Sacri Gemelli Dei: Febo che mezo
Di noi, fosiù à pietà sempre, & veloce

Paride solo.

L'è tempo hormai, la guerra, & il disagio
(Che turbonne; & ch'in bando Troia tenne)
Rendere à nostra Patria lieta pace,
E i commodi goder farci à bell'agio.
Ecco son tolti i Padiglioni, e Tenne.
Et Helena, sicuramente hor giace
(Di Menelao al fier dispetto) meco.
Meco si posa la figlia di Gioue;
Me stringe, e'abbraccia la più bella Diua
Ch'il Mondo in se sostenga; Io godo seco
In vn sol letto: ù più timor non moue
L'infamia vendicar, ch'à i Greci è viua:
Che son fuggiti à lor perpetuo scorno.
Et se Chorebo haurà festosa notte;
Sempre à me riede vguale; & non mai l'Alba
Vorei; nè che gia mai parisse il giorno,
Ma s'ascondesse à le più oscure grotte
D'i freddi Cimbri; & che non più s'inalba
Di luce il Cielo; accio che fosse eterno

Nostro diletto; & io premessi sempre
Helena mia; sempre sentisse ancora
D'Helena i baci; ch'il desir mio interno
Sempre è specchiarmi à sue celesti tempre,
Ragionar sempre seco; & ella ogn'hora
Stringer, (qual eder quercia) & nel suo petto
Dolcemente morir; che dolce Morte
Io chiamarei, anzi soaue vita.
Come vagheggia il suo leggiadro aspetto
Mezzo le Donne; & come cresce forte
In me la fiamma, più che mai infinita.

Sinone solo.

SE, per che gì viuo à l'Inferno Oreste
Presso le Ninfe. Et s'vgualmente Orfeo
Per che fuori indi tolse la sua moglie;
Et per che roppe Hercol le porte horreste,
Et Etna il fier Gigante; & Cerber feo
Tregioni seco à le Tartaree spoglie;
Superbi andaro al sommo de gli honori,
Quanto io coloro più di gloria sopro,
Sendo Mortale, esspormi à duro caso,
Quanto altri mai si vide al Mondo fuori?
Io fido, in cosa sour'humana, m'opro,
Et quanto di grandezza v'è rimaso
In Asia, e' in Grecia, anzi la Grecia istessa,
Et di Greci il poder, di Grecia i Regi,
L'Imperador, sotto di questa chiaue

Serbansi, e' in mio poder stà sol rimessa
Di lor la libertà, le vite, e' i pregi
Racchiusi del Cauallo, al ventre graue.
Ma gloriosa notte, s'apparecchia
A dar felice il fine al desir nostro;
Che le losinghe, & stratagemi miei
Riescono à comun voto: ogn'vn si specchia
Nel Caual, ch'è già dentro: e'al chiuso Chiostro
Non san l'ascoste frodi, e'inganni rei.
Priamo stà lieto, & parimente tutti
Tema non han di repentini assalti,
C'han dato fede à mie false parole,
Et ciascun mi losingo, & gia condutti,
Sono, (qual pesce, à l hamo.) Hor'io ne gli alti
Luoghi del Monte, & parti alpestre, & sole
N'andrò, per dare i miei promessi segni
A la spia, ch'è vi intenta: acciò le Naui
Da Tenado, hor hor quì giungan per tempo.
Senza alcun dubbio di futuri sdegni:
Acciò che quando à i sogni più soaui
Nel bel silentio de la notte, à tempo
Sia quì ciascun. Samia Reina, intenta
Odi i miei prieghi, in tal dubbia Fortuna:
Si parte per dare i segni.

Trà questo si senteno varij soniti dentro
il Palagio di Priamo per dimostrare
l'allegrezza de le nozze
di Cassandra.

Polic.

Policrate solo: Narra la sollennit delle nozze, & della cena.

NON Peleo, al fare di i Dei la ricca Cena
Ne le nozze di Theti. Nè il possente
Ciro, de l'ammie sue mense, in nessuna,
Che fosse ne la magion, che d'oro è piena;
Pareggiar non porriano à la grandezza,
Di Cassandra, à le nozze, al dì festoso,
A la ammiranda Cena, che s'adorna.
Pende Chorebo intento a la bellezza
Di lei, e à l'uno, & à l'altro nuouo sposo
Chi và, chi vien, chi parte, & chi ritorna,
Et Donne, & Cauallieri, & Cittadini
Portano à gara i grati, & ricchi doni:
Da le Cittadi ancora, & da le ville
Corron festosi in sì lunghi camini
Pastori, Ninfe, & Satiri, con soni
De l'incerate Canne à mille, à mille,
Presentan trà i bei colli de gli Amanti
Lieti doni di fiori, & di ghirlande,
Qual Capra, qual Vitel, qual puro latte:
Ouunque s'odon d'Himeneo bei canti,
Et d'intorno armonia dolce si spande,
Mentre à i sposi, in desire, Amor combatte.
Priamo, ne l'alto (Trionfante) seggio
Sì stà più che gia mai, & figli, & figlie,
Tanti Generi, & Nuor, tanti Nepoti
Li porgon riuerenza, honore, & pregio.

F

Chi d'Amor, narra l'alte merauiglie,
Chi di Vener, gli à lui concessi voti,
Chi narra Gioue transformato in Cigno,
Chi in Ariete, & chi cangiato in Tauro,
Chi in pioggia d'or, chi in Aquila, & chi in foco,
Chi in nero Corbo Apollo almo, & benigno,
Chi Bacco in Capra, & Daphne ancora in Lauro;
Diana in fele; Altri chi prende gioco
Del sacro Pan cantar gli Amori ardenti
Con l'amata Siringa, altri la morte
Che diè Mercurio ad Argo, sol per sdegno,
Per ordine di Gioue, & gli occhi spenti,
Cangiati in coda di Pauon per sorte:
Chi di Vener l'Amor co'l forte Dio,
Chi di Vulcan la rete; & chi d'Adone
Canta gli abbracciamenti, e' i dolci sguardi.
Superno Gioue, che da i sommi chiostri
Scorgi l'opre di noi: Alma Gionone
Che spesso à nostra aita fosti tardi,
Conseruate i diletti, e' i piacer nostri.
Si parte, & si senteno pur gli istessi soniti
ne la casa di Priamo per le nozze di Chor.

Enea.
Panthho.

Enea. *Souuienti Panthho, che Caßandra speßo*
Hà predetto di noi l'alte rouine,
Pant. *Il Vaticinio, Apollo li concese,*

Ma il creder fù vietato, & non permesso.
Enea. Dice costei, c'hoggi è di Troia il fine.
Pan. Et c'hoggi con sua madre, insiem fian prese.
Enea. Dice, ch'à Priamo hoggi fia'l capo tronco.
Pan. Et che seco morando i figli insieme.
Enea. Helena, (dice) che si vedrà lieta
Tornare in Argo. Pan. & fia sospesa à un tronco.
Enea. Narra d'Agamenone l'hore estreme,
Ch'ucciso fia da Clitennestra inquieta
Per tenersi sol d'Egisto che la gode,
(Empio adultero à sì fido Consorte.)
Pan. Chorebo esforza, che sen torni in Mida.
Enea. S'io non vedessi in somma, ch'ogni frode
Et le nemiche teme e sorte, & morte,
Certo la chiamarei Vate ben fid..
Ma come ch'ogni cosa, e à la quiete,
Et partito è l'assedio, con le naui,
Nè quì d'intorno appare orma nemica,
Viuo queste hore mie tranquille, & liete.
Ma già le Stelle, i sonni à noi soaui
Comminciano à mostrar: la notte è amica,
A le felice nozze dentro andiamo
De la nostra Cassandra, che già veggio
Del tutto stanchi, i Cittadini nostri.

Choro di Donne Troiane.

NOtte, di nostre notti, prima notte
Qual hoggi stato n'è, giorno di luce,

Hor ſia giorno di giorni; e viua ſpeme
Vna volta di darne vn grato ſonno;
Notte che di te ſol, l'amata pace
Toglie l'antica in noi verſata doglia.

O figlia de la Terra, ch'ogni doglia
Scemi al grato ſilentio di tè notte,
Tu, ch'in tua dolce, & deſiata pace
(Mentre tuffa nel mar Febo la luce)
Tranquille porgi l'ombre, & molle il ſonno,
E' i cori ingombri di nouella ſpeme.

Deh porgi i tuoi theſori a noi, che ſpeme
In queſta notte hauem di tor la doglia
Sotto il ſoaue tuo benigno ſonno,
Le Gratie tue, gli Amori, ò amica notte
Danne; & Apollo pregarem, che luce
Per gran ſpatio non dia, per maggior pace.

Soaui abbracciamenti, in cotal pace
Nè ſaran noſtri Spoſi, fuor di ſpeme
Di ritornare à la nouella luce
A le vigilie, al guerreggiar con doglia,
Fà che di Vener ſia ſol queſta notte,
Et Marte, oppreſſo da perpetuo ſonno.

Tanto il diletto ſia, tranquillo il ſonno,
Quanto il veghiar n'hà dato hoggi la pace;
Che l'Alba ancor (per far lunga tal notte)
Tarda verrà, per adempir tal ſpeme,
L'Aurora, e'il Sol per farne fuor di doglia,
Pigri vedranſi in dar l'vſata luce.

La Luna inſorgerà di noua luce

Pregna, & daranne hore serene, & sonno,
Fia discordeuol pur d'ogn'onta, & doglia,
Ch'ella promette à noi quiete, & pace:
Nostri i petti empie d'amorosa speme,
Se tu n'apparirai festosa, ò Notte.
Ma gia la Notte à dar comincia Luce,
Et ne da speme di felice sonno,
Andiamo in grembo à pace, & fuor di doglia.

Sinone solo. Viene da i dati segni portando la scala.

O *Fato auuenturoso; ecco possiamo*
Questa notte veder di Troia il peggio:
Quante prede farem di gemme, & d'ostri,
O memorabil notte: Ecco che tutti
Et nel sonno, & nel vin, si stan sepolti,
Nè scorgo alcun, nè voce humana s'ode.
A i dati segni miei, son quì condutti
Da Tenedo i Nauili, e'insieme accolti,
Et ogn'vn l'arme aguzza, ogn'vn si rode
Sbramarsi al sangue d'inimici alteri.
Con silentio io nè vò: Ecco il Cauallo
Che tien rinchiusi i nostri Regi inuitti.
Vò sù la scala, acciò ch'à i Cauallieri
S'apra al suo fianco oscur, senz'interuallo,
Che questo lungo carcere gl'hà afflitti,
Sotto la mia fida vigilia, & arte.

Sinone apre il fianco al Cauallo, & siegue.

F 2

Sinone.
Menelao Rè di Greci.
Agam. Imper. de l'essercito Greco.
Vlisse.
Pirro. Greci.

Sin. *O Nostra vita speme, ò Sommi Heroi,*
Ecco l'è tempo, al vostro alto desire
Porger felice il fin. Cortese Marte
Hor vi saluta, e tutti i doni suoi
Hoggi concede, e tutti empie d'ardire.
Cominciate à calar l'arme lucenti,
Et giù scendete dal cauato ventre,
Sotto benigna notte, & lieto Fato.
Epheo de l'opra autore, à che pauenti?
Per questa fune al basso vanne: mentre
Ch'il nostro Rè benigno, & fortunato
Per la scala verrà. L'Imperadore
De l'essercito Greco Agamenone
Seguirà poscia: à i quali i sacri piedi
Chinato io bacirò con humil core:
O Pirro, ù nostra speme si ripone,
Ti conceda Bellona quel che chiedi.
Vlisse, à te m'inchino, abbraccio, & bagio,
Stenal, Thessandro, e Thimodete ancora,
Et voi tutti altri à me concivi cari:
Ecco vita godrem lieta à bell'agio.

Mentre i Greci scendeno per le funi, & per le scale. Sinone siegue.

Sin. Principi gloriosi, quando l'hora
E giunta al grato fin d' i giorni amari,
Cessan le gare, & le dispute insieme.
Ecco noi semo quì. Gli ordini vostri
Sono esseguiti; son le Navi al lito:
In preda al graue sonno, & fuor di temo
Sono i nemici, & aduersari nostri:
Resta à voi dare il fine stabilito.

Men. Ben serbasti la Fè, l'Animo forte
Valoroso Sinon, tal che sarai
Sempre de le memorie nostre in cima.
Fratello, & Amici; A le nemiche porte
Noi semo dentro, & da perigli, & guai
Speramo hor hor d'vscir. Questa man prima
Esporrò ne gli assalti di Fortuna.
Vuopo non è d'oprar discorsi in vano,
Altro che l'armi, altro che'l ferro, e'l foco:
Nel costor sangue, nostra man ciascuna
Bagnare, e'l nostro honor, c'hor stà lontano
Ricourar, de l'ingiuria al proprio loco.

PRECE.

Alma Giunone, à cui nostra Micene,
Argo, & Phalisco, danno Arabi odori,
Ecco il punto, oue puoi farne felici.
Alta Minerua, à cui Nea, & Athene
Di sacre Oliue spargono i bei fiori,
Le forti mani tue, mostra aiutrici:
Che Venere non è del Ciel Reina,
Ne tien la Lancia, o'l Scudo di Gorgone,
Nè bella più di voi si vide mai. F 4

Nè di voi più possente si destina.

g. Ciascuno ascolta il mio picciol sermone,
di- Et coraggioso sia hor più che mai:
de Mentre Aganepor (Principe Nauale)
bat L'essercito conduce
glia Dal quì vicino lito,
Et le due porte opprimerà veloce.
Pirro, tu forte, & fiero
Con la Coborte tua per la Cittade
N'andrai, sotto il silentio de la Notte,
Spargendo tuoi pedoni, d'ogni intorno
Trombe d'ardente foco;
E quanti à gli vsci appariran Troiani,
Ouer per le contrade,
Con le cruenti spade
Tutti gli vcciderete.
Vlisse, tu al sepolcro trionfale
Di Laomedonte, andrai con poca luce,
Et con tua schiera, più che altroue, ardito,
Et più che mai feroce,
Farai cadere intera
Quell' alta Tomba; & le colonne aurate
Da vostre proprie man fian guaste, & rotte:
Per lor questo lor Fato, à maggior scorno,
Et vi spargete fiamme in ogni loco.
Prede non condurete,
Nè men pregioni con legate mani,
Ma del lor sangue la terra tingete.
Thessandro, condurai le tue Leggioni.

E' i Saettari di lieue armatura,
Pronti à l'aprir le porte
De le case nemiche
Ne l'vscir de le genti
Che per le fiamme ardenti
Voran vietar lor scampo.
Tu Timoclete ancora
D'intorno à l'alta Rocca,
I tuoi Centurioni
Di condurre haurai cura,
Mentre, che Stenal forte,
Di questa face al lampo,
Porrà le scale oue bisogno fia
Di cotal notte per quest'ombre amiche;
Che noi, n'andremo hor hora
Con gli altri fidi à noi Commilitoni,
Di Priamo, al gran palaggio.
Porgeremo à ciascun spirto, & coraggio,
Che pria che l'Alba à noi rugiada fiocca
De le nostre fatiche, haremo il fine.
Vlis. Le rouine passate, i lunghi affanni,
I trauagli, il patire, i duoli, e' i stenti,
L'honor perduto, & l'alta ingiuria graue,
I morti Argiui in correr di dieci anni
Ne siano à gli occhi, ò Greci, ogn'hor presenti;
In castigar l'altrui voglie sì praue;
Regni spirito in voi d'alta prudenza,
Et la calamità da voi sofferta
Del futuro diletto Augurio sia.

Ecco io ſon pronto à voſtra alta ſentenza,
Et ſatio non vedrommi, fin che aperta
Con queſta deſtra, l'alta Tomba ſia.
Ma che rumor ſi ſente
D'Armi, & di gente?

Pir. Armi, foco, tremor, ſoſpiri, & pianti,
Inuitti Greci, ogn'vn ſi veggia auanti.

Il fine del quarto Atto.

Comincia la Battaglia, & ſi ſenteno vari ſoniti di Trombe, & d'altri Stromenti militari, ſupponendo eſſer genti de le Naui, ſi comincia a veder il foco per le caſe Troiane, & comincia l'Incendio.

ATTO QVINTO

Polic. Tro. solo. gridando per la Città.

A L'ARME, A l'Arme, ò miseri Troiani,
Prendete l'Arme, & giù correte al basso,
A l'Arme, à l'Arme, ò miseri, & infelici,
Miseri, & occecati,
A l'Arme, à l'Arme, ò voi sepolti al sonno.
I Greci abrugian la Cittade vostra,
Et voi dormite?
Deh destateui homai,
Se tempo haurete, à i soprastanti lai,
Vietar dal tanto foco,
Ch'abrugia à poco à poco
I vostri tetti? Gli Inimici strani
Ne van per la Città con fretto passo.
Vlisse vincitor, festoso giostra
Di Laomedonte, à l'alta Tomba, à cui
I costodi non ponno

Contro genti pugnar, tante, e' infinite,
In fosca notte, in luoghi oscuri, & bui.
A l'arme, à l'arme, ò miseri, e' infelici,
Miseri, & occecati.
Si parte così gridando, & si senton varij sonii di stromenti militari, pianti, & sospiri per la Città, & appaiono fochi à le case Troiane.

Paride Troiano, correndo à la battaglia.

FORSE è pur viuo Achille?
Non'io l'vccise di pungente strale?
Non son quinci fuggiti
Ancora i Greci tutti?
Chi dunque porge à noi cotal spauento?
Chi à noi produce ciò che può di rio?
In Troia non son'io?
Paride non è in Troia?
In Troia non è Paride?
Se ben' io quì non fusse
Chi sarebbe colui
Ch'ardire hauesse, gire
Contra d'alcun Troiano?
Non potria questa mano
Da vicino, ò lontano
Far tremare il terren sotto le piante?
Il di Sidonia Regge
Morto non sictte, & vcciso

Al'hor, (mercè di questa inuitta destra?)
Stato io non son trà mille spade, & mille?
Forse i sensi smarriti
Sentimmi, espormi à perigliosо male?
Pallade, con Giunon forse spauento
M'han potuto recare? ò la mia gioia,
Et quiete turbar? ò non m'indusse
Venere bella, d'ogn'aspro martire
Fuori? ò pur sempre al suo fauor non fui
Vittorioso, sotto pene tante?
Chi dunque tal vigor superbo, regge?
Ardir chi haurà sol di mirarmi in viso?
Cruda forse od alpestra
Questa notte esser pote? ò son condutti
Forse quì tutti i Reggi d'Oriente
A danno nostro? Ma che duol si sente?
Veggio gran fiamma ardente,
Vì correrò repente. *Si parte verso la battaglia.*

PIRRO SOLO.

Moueramni pietade,
Empia sceleritade,
O fiera crudeltade?
Potrà forse turbare
Timor, d'Achille il figlio?
Achille il Padre mio
Quì non vccise Hettorre?
Quì, su'l veloce carro
Non vide in graue ciglio

Morir prole diuina;
Et di Priamo à l'aspetto
D'intorno à queste mura
Girar il corpo morto?
Giuso da i campi Elisi
Non mi dà spirto ancora,
Come ch'è di Lignaggio
Che nel Cielo, & nel Mare
Et ne l'Inferno hà parte?
Non io farò vendetta
Di Paride infidele,
Ch'à tradimento vccise
Di Peleo il figlio, al Tempio,
Oue atto fè si scempio?
Non è questo mio core
Di rabbia solo armato
A l'altrui sangue, & Morte?
O stimarò morire,
Fin che de l'empio Rege
Del sangue annoso, & graue
La setibonda Spada
Non tingerò repente?
Vietarammi quì legge,
O spronarà vergogna?
Al vincitor non lice
Oprar, quanto à lui piace?
Corro ne l'alta Torre
Sol di fierezza tinto,
D'ira, di rabbia, e di vendetta cinto.

Accresce la battaglia.

Policrate. Pantho. Troiani.

Polic. AIH che'l tardo pentir, nulla rileua;
Che non doueui, Pantho,
Consentir, che'l Cauallo
Dentro de la Città fusse condotto.
Pant. E chi credeua, ch'era opra di fallo?
Polic. Mentre ch'è il dubbio, oprar si deue intanto
Il giuditio seuero. Pant. Il Popol tutto
D'vgual voler, condurlo, si vedeua.
Polic. Lasso, noi che faremo;
Che gli Inimici fieri,
Opran sol crudeltade?
Oue ciechi andaremo
Senz'Arme, senz'aita, e trà le spade?
Pant. Aih, doue portaremo
Le cose sacre, c'hò à pena serbate,
Trà le saette, trà i ferri, e trà i fochi?
Polic. Deh guarda i sacri lochi
Oppressi da le fiamme, & da i guerrieri?
Pant. Senti le voci de i fanciulli, e' i gridi
De le dolenti madri?
Polic. Vedesti hor hor, ch' i dolorosi padri
Sonnacchiosi, nè corren volentieri
Oue il mal nato piè, li fà le scorte
A repentina Morte?
Pant. Et onde vscite son cotante genti?
Polic. Aih, che le Naui

D' inemici prudenti
A vn cenno son venute al nostro lito
Da loco stabilito,
Noi tutti oppressi da soaui sonni.

Pant. Non sonno, ma Letargo,
Che 'l sonno è corso in noi, fuggito d'Argo.
Fuggito è da l'Inferno
E' in noi dimora il figlio de l'Astrea,
Et fratel de la Morte.
Mà, (miser) senti
D'Arme rumor, di fiamme impeto? quale
Biade, infocate, son da l'Austro irato
Soffie? vedi le genti, & le bandiere
Correr là sù; qual và rapido fiume
Cadendo da li monti, e' i campi inonda,
Et per loco inusato
Romina, e trahe le silue, e' i boschi assale?

Polic. Non vedi di Deisobo il palagio
A terra sparso? scorgi le galeone?
Et i Mari Siggei
Splender n' i fochi rei?

Pant. Aita ò sacro Febo
In questo punto accerbo:
Che farem Policrate
Qui soli; accanto à Morte, e à feritate?
Ma che genti son queste
Che qui nè vengon pauentose, & presse?

Polic. Celiamci in questo loco,
Che quel mi par Troian de i fochi al chiaro.
Ch'ò

Ch'ò fuggirando l'impeto del foco,
O che voran morire,
Con valoroso ardire
Con l'arme in mano in questo punto amaro.

S'ascondeno per dubbio, & mentre si senteno rumori, & pianti, & s'accorgeno che l'era Enea.

Enea armato con molti Troiani à la battaglia.
Polic.
Pantho.

Enea. *DVbitarem morir mezzo de l'arme*
O trà l'acute spade
Fidi Troiani? vn generoso core
(Qual vostro) hauer timore
Deue d'acerba morte?
Opri ciascun di voi l'Animo forte,
Che Morte tal, di nostra vita è honore.

Polic. *Pantho, l'è il nostro valoroso Enea.*

Pant. *O figlio de le Gratie, oue nè vai*
Con poca gente, à i repentini guai?

Enea. *A che stam giunti ò Sacerdote Pantho?*
A qual Rocca n'andrem, per comun scampo?
D'Hettorre l'ombra apparsa hor m'è repente,
Et questo fin dolente
Predetto hà in sonno (aih lasso) & così disse.
Deh fuggi ò figlio de la Dea d'Amore,
Fuggi le fiamme ardenti:
Sono i nemici dentro, & con furore

Troia cade in tormenti.
Molto habbiam fatigato, & se fauore
Restasse à nostre genti,
Ancor sarebbe da gli Dei difesa
La Città nostra in questa vltima impresa.
Ti raccomanda Troia i suoi Penati,
Anchise, e' Ascanio prendi
Per compagni à Fortuna, à Casi, e à Fati,
Che sicuri hor gli rendi,
Acciò, poscia ch'i mari haurai solcati,
A maggior stato ascendi,
Tacque, & partisse: ò nostra luce, ferma
Deh non partir (io dissi) e' il tutto afferma.
Destommi à vn cenno sbigottito, & poscia
Veduto, e' inteso strepiti de l'armi,
Qual'io t'apparo quì, peruenni fuori.

Pant. E già venuto il giorno
Vltimo de li giorni,
Giunt'è l'vltimo tempo,
Il tempo ineuitabile di Troia,
In ogni loco, è fumo;
Fù Ilio, fù la gloria, & fù la gioia
Di noi, hor lungi è quì nostro soggiorno;
Troia è de i Teucri; il fiero Gioue, in pianto,
E' in Argo, l'hà riuolta;
Ogni speme n'è tolta,
I Greci vincitori,
Fatti di noi signori,
Ecco ne van superbi,
Del sangue, e' d'oro nostro, e tinti, & orni.

Il Canal (falso don) sparge di fuori
Huomini, & arme; & de le fiamme al lampo
Hor hor vid'io Sinon, di noui fochi
Empir li chiusi lochi.
Quanti insieme venir da Grecia mai
In dieci anni, gli Argiui
C'hor son, auanzano; & l'aperte porte
De la Cittade signoreggian lieti.
Chiuse han le case con lor ferri; & solo
Oprano il foco, & lampeggianti spade,
Ne alcun s'arrischia à la battaglia oscura;
E altri corre à volontaria morte,
D'infelici Troiani, & l'empia sorte
Accusan, che non pon l'arme adoprare.
I Nauili, per tempo
Son giunti, & spargon huomini, che queti
Corron, di tema priui
A nostro eterno male.
Signor, poi che voi solo
Potete; prouedete à tal sciagura,
E à tal calamitade.
Enea. Sò che l'è bel morir mezzo de l'arme
Troiani. Serba Pantho
Le cose sacre ne la patria stanza.
Vieni meco Ripheo, vieni anco Iphito,
Hipane, & Dima, de la Luna à i raggi,
Glorioso morir, la vita adorna.

Correno per combattere: & si vedeno genti armate nel proscenio, & per le porte de la Citt. entrare, & vscire, battagliando. G 2

ATTO

Pirro. Vlisse.
Agamenone. Menelao.
Sinone. & molti Greci.

Pir. DOnde Sinon, ne la dolente Reggia
Di Priamo sì và? mostrami il più breve
Camin per girui; accioche del Troian le
Fuga la destra man. Sin. Già i hanno oppressa
I nostri Greci, e'l foco rode il tutto.

Ag. *Per vendicar cotante ingiurie graue,*
Conuien, con nostra bocca
Succhiar il sangue da lor calda vena.

Vliss. *Sfoghi la nostra gente*
Armigera, il furore,
Et in odio le leggi
S'habbino à la battaglia
Contro sì ria Cittade,
Contro sì scelerate
Genti, che non han quì legge nessuna.
Io desioso ardente
Hò pien di rabbia il core,
Nè sdegno vgual s'aguaglia,
Ira, nè feritade
Ancor, nè pietà alcuna,
Ma sól vendetta, & aspra crudeltate.

Pir. *Et io, (qual rigid' Angue)*
Con questa forte mia vindice mano,
Rapir vorrò quei Scettri, & quella istessa
Canuta Testa, ch'il consensó diede

Di non restituir le nostre prede:
Nè temerò qui leggi,
Le quali sempre vinte son da l'Arme,
Anzi non si può dare al sommo Gioue
Maggior vittima al Mondo,
Che morto vn Rè malvagio, ingiusto, e'immonde
A l'aspra, & ria battaglia,
Crudele, & sanguinosa
Del mio gran Genitor l'indegna morte,
Ad vsar crudeltà, m'apre le porte.

Men. A noi, à noi l'ingiuria così graue,
Ch'à gli occhi n'è palese,
Di castigar conuiene.
Noi l'arroganze praue
Con disusate pene
Punirem di colui che sì n'offese.
Noi oprarem qui sol forza, e' ardire,
Pallide morti, & ire.

Ag. Ira maggior, non può l'ira donarme
Di questa c'hor si posa
Nel mio petto inhumano.
Gli Imperadori, & Reggi,
Non vsan l'Arme, con rispetti, & modi,
Nè l'ira pon temprar trà fiere spade.
Di sangue sol si pasceno le guerre,
Nè cupidiggia hauemo di regnare,
Ma si dilegui la memoria in tutto,
De l'atto sì nefando: & pria l'Occaso
Il giorno nè darà; pria l'Oriente

Asconderallo, & primo sarà pace
Trà il gelo, e' il foco,
Che di tal sdegno, vn poco
Si scemi; fin che in tutto non si sface
Troia, & che non rimaso
Nè sia vestige, sù la nuda terra,
Et morti vadin tutti in graui some,
Morendo co'l morir la fama, e' il nome.

Si parteno verso il palagio di Priamo, & si senteno trombe, & rumori di genti.

Choro di Donne Tro. piangendo.

PIANGA *il Ciel, con la terra,*
Pianga & l'ondoso mare;
Pianga il lucente padre
De le cose nascenti:
Pianga Pomona, & Flora:
Piangan Cerere, & Bacco:
Pianga la Dea d'Amore,
Et ogni herba, ogni fiore
Perda il natio colore;
Si spezzino li sassi
Per l'estrema pietade:
Sian le fontane, e' i riui
D'ogni dolcezza priui:
Sian'i Zefiri in tutto orbati, & cassi
De la dolc'Aura, che si chiama Vita.
A che quest'hore amare

Menamo noi dolenti?
Che non giottisci ò Madre,
Et non poni sotterra,
O comun Madre, ò Madre,
Nostri corpi in quest'hora?
Oue tal crudeltade,
Si vide al mondo mai?
Conuien che gli innocenti
Paghino il fallo altrui?
Si fù Pari l'autore
Di tal commesso errore,
Per che la pena sua soffrimo nui?
2. Ch. *Hor l'hora stabilita*
E venuta, è venuta,
E già Troia caduta,
Et nessun'è che scampi.
Il terren nostro almeno
Fia nostra sepoltura,
Anzi l'vrna infelice,
Ch'i cineri di tutti
Chiuderà insieme insieme,
In vno istesso loco.
Altro sò, non ne resta,
Che nostra Anima mesta
Goda gli Elisi campi.
Ma certa io son che tutti al fin moriamo,
Nè porta vn sol, gl'occhi di pianto asciutti,
Nè di noi resta viua alcuna parte,
Se ven'il nostro spirto hoggi si parte,

E da soffio leggiero
Mosso, sen và per l'aria, & per le nebbie
A trauiarsi al fosco, od'al sereno,
Si ben' i corpi rode
Hoggi continuo foco.
Doue dunque n'andiamo
Di ritrouar pietà priue, & di speme?

Cho. Di noi, nessuna schiua
(Donne) si veggia di pugnar con Marte,
Moriam qual'Amazonide; che lode
Porge vn più bel morire
Che del viuer desire.

Si parteno, & si senteno gli istessi rumori, & l'Incendio accresce.

Policrate.
Enea.

Polic. ANimoso signor, cercate scampo,
Ch'à gli irremediabili accidenti
Vertude è di fuggir danno peggiore,
Ch'essendo in vita voi,
Speme si dà di vendicar l'offesa;
Stanca è la destra ardita,
Stanca è la spada vostra,
D'vccisi hauer cotanti.
Chorebo è morto, & morto è seco Pantho,
Nè di tal morte Apollo l'hà vietato,
Et Pelia langue di mortal ferita

Di man del crudo Vlisse.
Il palagio Real, si scorge, al lampo
Del foco, che s'abruggia; e vi le genti
Argiue, ardite son dentro, & di fuore,
Si veggon solo immagini di morte,
Et le case, e' i Troiani
Son volti à vn cenno in foco,
Et quì non vedi loco
Di poter far difesa;
Non s'ode altro che pianto
Ne la Città non nostra,
Ogni benigno Fato
Auuerso si dimostra;
Quest'arme che ne dan Grecchi sembianti,
Che son vostri Trofei,
Et spoglie di color c'hauete vccisi,
Difesi n'han da l'infinita turba.
Ma (lasso) che Cassandra, hoggi il predisse.
Enea. I dì fuggaci, & rei
Fuggono, e' i gesti alteri son permisi
Perpetui à la memoria.
Hor moresi con gloria
Di nostro Priamo à canto.
Vattene Policrate
A l'alta Rocca innanzi
A Priamo, & dà di me nouelle graue.
Enea siegue Ma che splendor si vede
In così fosca notte,
Che pareggian di Febo à i raggi chiari?

ATTO

Venere appare ne l'aria.
Enea.

Ven. FIGLIO, qual gran furore
Ti moue, ir così fiero?
Oue ne corri ardendo?
Di noi come il pensiero
A vn cenno t'è fuggito?
Non hai riguardo, doue
Lasci il tuo padre Anchise,
E tua moglie Creusa?
V lasci Ascanio il figlio?
Vedi, ch'à quegli intorno
Ne van li Greci armati.
Io, in queste poc'hore
L'hò difesi, ascondendo
D'i Greci il core ardito,
Con preci, presso à Gioue.
Che già le case, ascise,
Et essi in ciner volti
Sarebbono, s'infusa
Pietade, & grato ciglio
Non hauesse il gran Padre. Non l'adorno
Volto odiato d'Helena, ne meno
Di Paride è la colpa; Ma l'asprezza
E sol de tutti i Dei,
Che dishumani, & rei,
Troia, & la sua ricchezza
A vn cenno, han messo al fondo.

Nettun, quì dal profondo
Suolo, co'l suo Tridente
Scuote il muro: & presente
Sì stà Giunon crudele,
Et da le Naui chiama
L'amiche schiere, cinta
Tutta di ferro, & d'arme.
Pallade colma di veleno, & fele,
Vostra rouina brama,
Et sol di rabbia tinta
Con la Gorgona splende.
Il Padre eterno Gioue,
Ancor d'ira si moue,
Porgendo à i Greci ardire
Et gli altri Dei commoue;
Deh fuggi ò figlio, queste morti, & ire,
In queste oscure bende.
Io sarò sempre teco.
A li paterni tetti
Io ti porrò sicuro,
Ne l'horror de la notte oscuro, & cieco.
Sparisce Venere.

Enea. in riui renza Ben' à i raggi d'Amor, benigna Madre,
T[illegible]nosco, che vieni à consolarme:
Et benche obligo [illegible]
A noi, por [illegible] pronti i petti
Per nostra cara afflitta Patria; puro
Essequir bramo, i tuoi grati precetti.

Tu Ciner santo
D'Ilio, c'hor ardi, & voi fiammelle estreme
D'i miei; voi chiamo in testimonio fido,
Ch'io per schiuar non sono
In questo vltimo fine
L'arme, & gli assalti Grechi,
Che s'i Fati volean, ch'io fosse vcciso,
Ben poteuan hor hora
Trà duro ferro, & foco,
Dou'io quì combattei sì arditamente,
Porre in effetto il mio fatal destino.
Ma per che alcun rimedio al mal presente,
Nè d'altri opra non veggio palesarme,
Et per bocca verace me s'afferma;
L'orme tue sieguo io figlio obediente,
Et per le fiamme andrò trà gli Inimici
Dentro à la patria sede,
Acciò saluo indi tolga il vecchio Anchise,
Et seco Ascanio, & mia Creusa ancora,
Et duca sù n'i monti;
Ch'io spero al tuo fauore
Che l'Arme daran loco,
Et fuggiranne il foco,
Nè in tanto io cessarò d'oprar la spada.

Ne và Enea per mezzo d'i nemici combattendo guidato da vn raggio: Et si senteno più che mai pianti, & rumori, cadeno le porte del Castello, & dentro ve sì vede il foco.

Vlisse per la battaglia.

FReschi ne la memoria
Non mi sono gli danni;
Le rubarie, e' i guasti,
Le violenze, e' i morti
De nostre antiche case,
De i nostri promontori,
De le nostre contrade,
De gli honori di noi,
Et de la nostra carne?
Se n'hà tolta l'inguria, l'honor nostro,
La Generosità potrà leuarne?
Almen non harem gloria
Vendicar questi eccessi, & graui affanni?
Di Fortuna, i contrasti
Non vinceremo? & poi
Rihauuti i conforti
Daremo spirto à nostri successori
Serbar con fedeltade
Gli honori altrui, via più ch'argento, od'ostro,
Più che Lasciuia, c'hor hor passa, & fugge?
Però qual Leon rugge
Questo vindice core.
Che fù de l'empio Paride l'Amore
De l'altrui Donna? solo
Ch'Amor d'allegro dolo,
Ragione insana, Timedezza ardita,

Piacer frale, & noioso; luce oscura,
Illodabile vanto,
Inferma sanitade,
Ch'ogn'hor morendo, visse,
E viuendo, moriua.
Io valoroso Vlisse,
C'hò lasciato li stretti abbracciamenti
Di mia bella Penelope, & del padre
Laerte, & di Thelemaco mio figlio.
Non mi vedrò partecipe d'hauere
Risanata la piaga che n'è viua?
Non io combatterò quì arditamente?
Non son quì note l'opre mie leggiadre?
L'accorte astutie; il finto souraciglio,
I stratagemi, & mie finte preghiere,
Oprate in ricoprar l'honor perduto?
Ma scorgo iui combattere vn gran stuolo,
Nè corro à disfogar la rabbia, e'l duolo.

Policrate, vestito d'arme Greche.
Pirro, porta il capo di Priamo.
Menelao. Agamenone.
Hecuba, con le Donne pregionere.
escono tutte da la porta del Castello.

COME, spietata Notte,
Non fai segno apparente
D'esser perpetua? senza

Mai apparir più l'Alba,
Nè che la Luna più quest'aria inalba?
Come Notte crudel, Notte spietata,
Non fai cader le Stelle,
Et si copran le cose oscure, & belle?
Rompi quell'ordin, che Natura mise
Onde tu parti, & riedi.
In qual tana di Tigre alpestra, & herma
(Anco si fosser le Cimerie Grotte,
O de la steril Thrigia le pendici,
O trà le selue Ethee, ù non son gionti
I rai del chiaro Febo) apparse mai
Cotal fiera fierezza?
E gloria al vincitore,
Al vinto, oprar clemenza.
Vn Rè non deue dar morte spietata
A l'altro Rè; ma in preggio hauerlo ancora:
Et maggiormente, se prigione il tiene.
Et pensar dee, che per medesma strada
Può lui varcar con disusate pene,
Mentre regge Fortuna
Sotto il corso del Sole, & de la Luna,
L'instabil nostra rota.
Come spietato, & crudo
Pirro, di Priamo nostro nel cospetto,
Il giouane Polite, à vn cenno hà morto?
Come, mentre ch'il miser vecchio, tenta
De l'arme antiche, & graui armato, & cinto
Aita darli; ei vien percosso, e vcciso,

E'l capo tronco l'hà dal vecchio busto
L'aspro d'Achille, figlio?
(Aih disegual battaglia.)
Come ondeggia hor di sangue
Di tanti Figli, & Nuore
Et di tanti Nepoti,
Che stando, (à guisa fior ch'in terra langue)
Che d'oro il suolo hauea, l'antica sala?
Come le Donne preggionere, stanno
Fuor d'humana sembianza?
L'afflitta Hecuba, auuolte
Tien le mani regali,
Di tanti scettri mani,
Trà duri lacci, & mira intorno, intorno
Il sangue del suo sangue; & priega anch'ella
(Obediente ancella)
Menelao, che l'uccida, & parimente
Cassandra, & Polissena,
Al fin del decim'anno.
Ma chi del pianto hauer può gli occhi asciutti?
Ecco, fuor vengon tutti,
Con l'acquistate prede:
(Ohime lasso chi il crede?)
Di Priamo il capo, in man Pirro conduce.
Ecco l'afflitta madre, & le figliuole
Inuolte in tanti mali,
Ch'à pietà moue il Sole.
Ecco (nostra ruina) Helena è fuora;
Io veder voglio il fine,

De le

De le Donne meschine,
Mentre quest'alme Greche mi dan vita,
S'è così stabilita,
Sotto le quali ascondo la mia morte:
Poscia n'andrò doue m'aspetta Enea
Primo ch'appara l'infelice giorno.
S'appiatta in vn vicino loco.

Hen. Frena vecchia dolente,
Frena l'ira, e'l furore;
C'hoggi comincia il pianto,
Che duraratti, quanto
T'è stato il nostro gioco.

Hec. Priego (Signor) questa vittrice mano,
Mano più d'altra forte,
Che questo istesso ferro
Che Pirro auuolse del mio Priamo, al fianco,
S'indrizzi in questo ventre,
In questo amaro ventre,
Che fù sol questo ventre
Di prole così rea
Cagione, & de sì acerbe amare pene.
Pirro, vittorioso tu non sei,
S'à me misera moglie
La vita non si toglie:
Se non m'vccidi, ogni mia graue forza
Farò, che mori tù da le man mie.
Priego per tutti i Dei
Aprite à queste figlie, il lato manco;
Non sapete che mentre

H

Staramo in questa vita
Pensaran vendicarsi, notte, & giorno?
Sò che non sei tù ancor satio, ne stanco,
Fate il fine felice,
Pauentosa Tragedia d'ogni cosa.
Di Troia, la gran mole,
Il rio foco hà ridotta in trita polue,
I Fati son già vostri;
Helena à voi ne viene,
Il Rè morto si vede,
E seco i Figli, & li Nepoti insieme:
Che vi giouan le Donne?
Che farà questa vecchia?
Che per queste fanciulle?
Hoggi è notte sol di crudeltade,
Sfogate l'ira ancor nel sangue nostro.

Pir. *Hecuba, che di qui fosti Regina,*
Sarai serua meschina
In Argo, doue con le figlie tue
Serberem per Trophei:
Giorni maluagi, & rei,
E di tua vita al fin, pene, e tormento.
Nè de la tua si scelerata prole.
Questo capo che vedi, è del tuo sposo,
Et di questa mia destra, è preggio, & vanto.
Del mio gran Padre Achille,
Ne l'alta sepoltura,
Nè farò sacrificio al tuo cospetto.
Priamo, à quest'hora

Giuso nel basso Regno
Hà raccontato al figlio di Peleo,
Gli alteri gesti miei:
Ecco sfogata l'ira al sangue vostro,
Al sangue del tuo ventre.

Hec. Achille fù cortese
Al mio figliolo Hettorre;
Che di Real sepolcro lo fè degno:
Noi non chiedemo vita,
Ma sol bramamo Morte.

Vlis. Affretta i lenti passi,
Et frena Hecuba il pianto,
Al qual, conforme stassi
Nostra estrema allegrezza
C'hebbe duolo altretanto,
Anzi maggior tristezza:
Che tempo in Argo harai
I tuoi nouelli guai
Di sfogare, & il core:
Che sfogando la pena vien minore.

Ag. Portate ò Greci, ne le Naui nostre
Queste Donne, & le prede:
Che cade ogni paura,
Et già si sente allegro il nostro petto.
Noi, pria che l'Aura giunga,
Rendemo gratie à la benigna Notte,
Ergemo à i Dei nouelli Altari,
Et in Aulido tutti
Nostri Commilitoni

E' il valoroso Vlisse,
Venghino à dar le gratie, e' al vicin fiume
Le tinture del sangue toglia ogn'vno
Da l'Arme, stracque, & non satie d'i morti.

Si partino tutti allegramente, portando le prede à le naui insieme con le Donne Troiane.

Enea co'l padre sù le spalle, con Ascanio figlio, con Creusa moglie, & con altri Troiani.

Enea. VENER, *Benigna Madre,*
Vado, ù mi guidi trà nemiche squadre:
Voi Patrij Iddij, le nostre case antiche
Serbate, e' il figlio (al padre vnica speme)
Vostri sono gli Auguri, & vostra e'l Troia,
(Che più conuien ch'il nome almen non moia)
Mantienti ò caro padre,
Sù queste spalle, che m'è grato il peso:
Commune ad ambi duo per l'ombre amiche
Fia vn sol sepolcro; vna salute insieme...
Compagni, (non più serui) Animo acceso
Per questa cieca via, trà spine, e' ortiche,
Serbate al bel morir. Tu le nostr'orme
Siegui Creusa al comun duol conforme.
Dammi la man, picciolo Giulo mio:
A Dio rimanti, alma Cittade, à Dio.

IL FINE.